KB007815

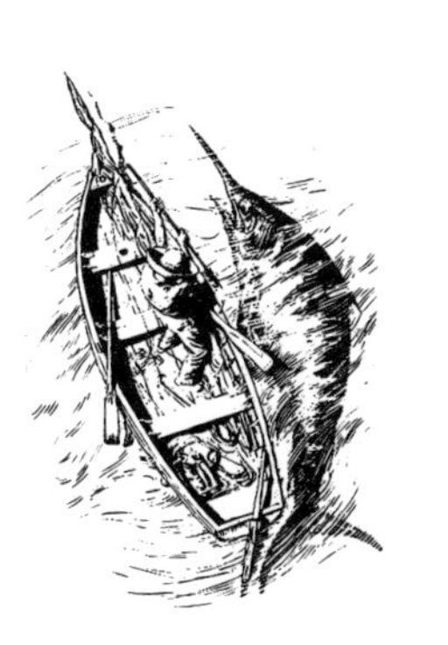

노인과 바다

초판 1쇄 발행 | 2022년 2월 10일
초판 2쇄 발행 | 2023년 9월 20일

지은이 어니스트 헤밍웨이
옮긴이 이정서
발행인 한명선

주소 서울시 종로구 평창길 329(우편번호 03003)
문의전화 02-394-1037(편집) 02-394-1047(마케팅)
팩스 02-394-1029
전자우편 saeum2go@hanmail.net
블로그 blog.naver.com/saeumpub
페이스북 facebook.com/saeumbooks
인스타그램 instagram.com/saeumbooks

발행처 (주)새움출판사
출판등록 1998년 8월 28일(제10-1633호)

ISBN 979-11-90473-78-1
ISBN 979-11-90473-75-0 04800(세트)

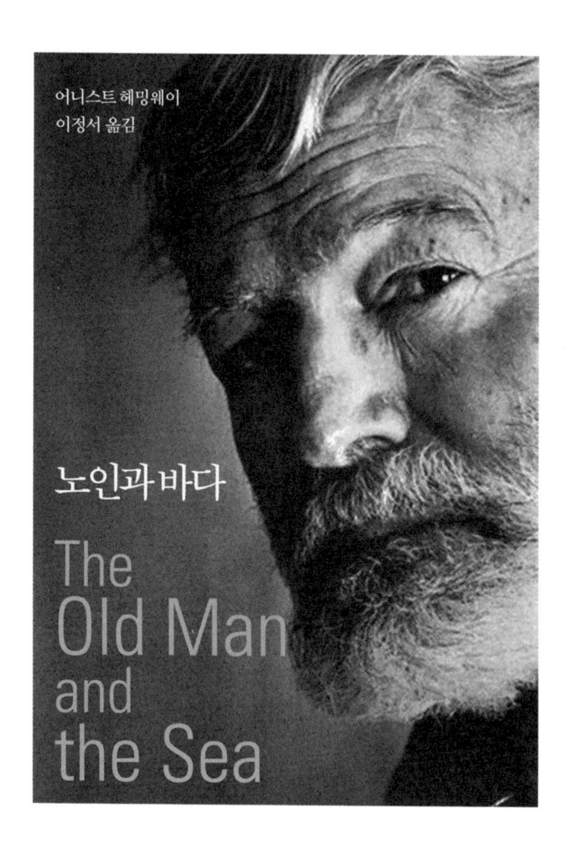

Ü

찰리 스크라이브너에게

그리고 맥스 퍼킨스에게

To Charlie Scribner
And
To Max Perkins

역자의 말

번역의 세계에 뛰어들어, 어느 시점부터, 고전 문학 번역은 구두점 하나의 의미까지 바로 살펴야 그 의미를 제대로 살릴 수 있는 것이라는 사실을 깨달았다. 기회 있을 때마다 세상에다 대고 그렇게 주장해 온 바이기에 내 번역 한 문장 한 문장이 그래야 마땅하다는 생각에 수없이 사전을 뒤져 문장들을 '만들었다'.

시간이 지나 돌아보니 꼭 그렇게 할 필요가 있었을까 싶을 정도로 과도하게 직역한 문장도 보였고, 한편으로 더 직역에 가깝게 할 수 있었는데, 적당히 타협해 넘어간 문장도 있었다.

이번에 기회가 주어져 그런 문장을 다시 손보게 되었다. 이참에 책에 붙였던 원문을 떼어내고 역자노트는 최소화했다. 내 마음만큼이나 책도 가벼워지는 셈이다.

하고 싶다고 다 할 수 있는 삶을 사는 사람이 얼마나 될까?

그럼에도, 이 모든 실험이 가능하게 하는, 내 삶을 허락하고 있는 가족과 이웃, 절대자에게 감사할 따름이다.

2022. 1. 이정서

차례

일러두기

1. 이 작품 첫 문장의 원문은,
He was an old man who fished alone in a skiff in the Gulf Stream and he had gone eighty-four days now without taking a fish. 로, 접속사 and로 이어진 하나의 문장이다(번역문은 바로 옆 참조). 기존의 번역서는 거의 전부 문장을 끊어 두 문장으로 번역되어 있다. 의역한 것이다. 물론 첫 문장만 그런 것이 아니다. 지금까지의 우리 번역은 그런 의역에 익숙해 있는 것이다. 본서는 본문 전체를 원래의 서술구조 그대로 직역했다.
2. 작가는 본문 중에 쿠바 현지의 분위기를 위해 스페인어를 가끔 사용했다. 살라오 salao, 그란 리가스Gran Ligas 등이 그러한데, 원래의 문체를 살리기 위해 있는 그대로 발음 표기했다.
3. 이 책은 "찰리 스크라이브너Charlie Scribner와 맥스 퍼킨스Max Perkins에게" 헌정되었다. 스크라이브너는 이 책이 출판된 출판사 대표이고, 퍼킨스는 앞서 자신의책들을 편집했던 편집자이다. 맥스 퍼킨스는1947년, 찰리 스크라이브너는 1952년에 죽었다.

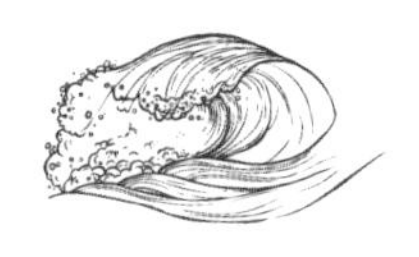

그는 멕시코 만류에서 돛단배를 타고 혼자 고기를 잡던 노인으로 이제까지 한 마리의 고기도 낚지 못한 채 84일을 흘려보내고 있었다. 앞서 40일간은 한 소년이 그와 함께 있었다. 그렇지만 한 마리의 고기도 잡지 못한 채 40일이 지나자 소년의 부모는 그에게, 노인은 이제 확실히 '살라오salao'가 되었다고 말했고, 그것은 운이 따르지 않는 가장 안 좋은 상태라는 의미였기에, 소년은 그들의 지시로 그 첫 주에 세 마리의 큰 고기를 잡은 다른 배로 옮겨 갔다. 매일같이 빈 배로 돌아오는 노인을 바라보는 것이 소년을 슬프게 만들었고, 그는 항상 노인을 도와 감긴 낚싯줄이나 갈고리와 작살과 돛대 둘레에 감긴 돛을 옮기기 위해 내려갔다. 그 돛은 밀가루 포대로 덕지덕지 기워져 있고, 접혀 있어서, 영속적인 패배의 깃발처럼 보였다.

노인은 목 뒤로 주름이 깊게 파여 있었고 마르고 야위었다. 열대 바다에서 반사하는 태양 빛이 안겨 준 자애로운 피부암의 갈색 반점이 두 뺨에 나 있었다. 그 반점은 얼굴 옆 훨씬 아래까지 이어졌고 양손엔 밧줄로 힘센 물고기를 다루다 생긴 깊게 파인 상처가 나 있었다. 그렇지만 이 상처들 가운데 갓 생긴 것은 하나도 없었다. 그것들은 물고기 없는 사막의 침식작용처럼 오래된 것들이었다.

눈 말고는 모든 것이 노쇠했는데, 그것들은 바다 같은 색깔에 불패의 생기를 띠고 있었다.

"산티아고 할아버지." 그들이 돛단배를 정박하고 기슭을 오르고 있을 때 소년이 그에게 말했다. "나 할아버지와 함께 다시 갈 수 있어요. 얼마간 돈을 벌었거든요."

노인은 그 소년에게 고기잡이를 가르쳤고 소년은 그를 사랑했다.

"아니다." 노인이 말했다. "너는 행운의 배를 타고 있는 거란다. 그들과 함께 머물렴."

"하지만 생각해 보세요. 할아버지가 87일 동안 고기를 못 잡다가 어떻게 우리가 3주 동안 매일 큰 고기들을 잡았었는지 말이에요."

"기억하지." 노인이 말했다. "나는 네가 못 미더워서 나를 떠

난 게 아니라는 것을 안단다."

"아빠가 나를 떠나도록 만들었어요. 저는 아들이고 그분에게 복종해야만 하니까요."

"안단다." 노인이 말했다. "그게 아주 정상적인 거야."

"아빠는 믿음이 별로 없어요."

"그래." 노인이 말했다. "하지만 우리는 믿음이 있지, 그렇지 않니?"

"그럼요." 소년이 말했다. "테라스에서 맥주 한 잔은 내드릴 수 있어요. 그러고 나서 우리 저것들을 집으로 옮겨요."

"그거 좋지." 노인이 말했다. "어부끼리."

그들은 테라스에 앉아 있었고 많은 어부들이 노인을 비웃었지만 그는 화를 내지 않았다. 나이 든, 다른 어부들은, 그를 바라보며 슬퍼했다. 그러나 그들은 그것을 드러내지 않았고 그들이 낚싯줄을 던진 곳의 해류와 수심, 그리고 안정된 좋은 날씨와 그들이 본 것들에 관해 정중하게 말하곤 했다. 그날 고기잡이에 성공한 어부들은 이미 안에서 자신들의 청새치를 도살해 끌어내 널빤지 두 개를 가로질러 눕혀서 넓게 펼쳐 놓고, 두 사람이 널빤지 끝을 잡고 비틀거리며, 그것들을 아바나의 시장으로 운반하기 위한 얼음 트럭이 기다리고 있는 생선 창고로 옮겼다. 상어를 잡은 이들은 만의 다른 편에 있는 상어 공장으로 그것들을 가져가 도르래와 기구로 들어 올려,

간을 떼 내고 지느러미를 잘라 낸 뒤 껍질을 벗겨, 살점을 소금에 절였다.

바람이 동쪽에서 불 때 냄새는 상어 공장으로부터 항구를 가로질러 왔다. 그러나 오늘은 북쪽으로 돌다 가라앉았으므로 냄새는 단지 희미한 자취만 있을 뿐이어서 햇볕이 잘 드는 테라스는 쾌적했다.

"산티아고 할아버지." 소년이 불렀다.

"응." 노인이 대답했다. 그는 유리잔을 쥐고 수년 전 기억을 떠올리고 있는 중이었다.

"제가 나가서 내일 할아버지가 쓸 정어리를 구해 올까요?"

"아니다. 가서 야구나 하렴. 나는 여전히 노를 저을 수 있고 로헬리오가 그물을 던질 테니까."

"가고 싶어요. 할아버지와 함께 고기를 잡을 수 없다면, 다른 방법으로라도 돕고 싶거든요."

"너는 내게 맥주를 사 주었잖니." 노인이 말했다. "너는 이미 어른이구나."

"할아버지가 처음 저를 배에 태웠을 때 저는 몇 살이었나요?"

"다섯 살 때였는데 너는 거의 죽을 뻔했단다. 내가 너무 쌩쌩한 고기를 건져 올려 그놈이 배를 조각낼 뻔했거든. 기억나니?"

“엄청 빠르게 쿵쾅거리던 꼬리와 가로장이 부서진 거, 곤봉질 소리도 기억나요. 할아버지가 저를 젖은 낚시 도구들이 있는 이물 쪽으로 던진 거며, 배가 떨리던 느낌, 그리고 나무를 패서 쓰러뜨리는 것처럼 할아버지가 그것을 곤봉질하던 소리와 저를 덮치던 달콤한 피 냄새까지 전부 기억할 수 있어요.”

“정말 그걸 다 기억하는 거니? 아니면 내가 그걸 말해 줘서 아는 거니?”

“저는 우리가 처음 함께 나갔을 때 있었던 일을 모두 기억해요.”

노인은 볕에 그을린, 확신에 찬 사랑스러운 눈으로 그를 바라보았다.

“만약 네가 내 아이라면 나는 너를 데리고 나가 승부를 보았을 테지.” 그는 말했다. “하지만 너는 네 부모님의 아이이고 너는 지금 행운의 배를 타고 있는 거란다.”

“제가 정어리를 구해 와도 되죠? 미끼 네 마리를 구할 수 있는 곳을 알고 있거든요.”

“오늘 남은 게 있단다. 박스 속 소금 안에 쟁여 두었지.”

“제가 신선한 거 네 마리 구해 올게요.”

“그럼 한 마리만.” 노인이 말했다. 그의 희망과 자신감은 사라졌던 게 아니었다. 이제 막 그것들이 산들바람처럼 상쾌하게 불어온 것이다.

"두 마리요." 소년이 말했다.

"그럼 두 마리만이다." 노인이 동의했다. "그것들을 훔친 건 아니겠지?"

"그럴 수도 있었지만," 소년이 말했다. "제가 산 것들이에요."

"고맙구나." 노인이 말했다. 그는 겸손해지게 된 것을 의아해하기엔 너무 단순했다. 그렇지만 그는 자신이 겸손해졌다는 것을 깨닫고 있었고 그것이 부끄러운 일이 아니거니와 진정한 자부심을 잃게 하는 게 아니라는 것도 알고 있었다.

"내일은 멋진 날이 되겠구나, 이런 조류라면." 그가 말했다.

"어디로 가시게요?" 소년이 물었다.

"멀리 나갔다가 바람이 바뀌면 돌아와야지. 날이 밝기 전에 나가고 싶구나."

"저도 그 사람에게 멀리 나가 일하자고 해보려구요……." 소년이 말했다. "그때 만약 할아버지가 정말로 어떤 큰 거를 낚싯줄에 걸어 놓으면 우리가 할아버지 조력자가 될 수도 있을 거예요."

"그 사람은 좀 멀리 나가 작업하는 걸 좋아하지 않는단다."

"그렇긴 해요." 소년이 말했다. "하지만 저는 그분이 볼 수 없는 고기를 따르는 새 같은 거를 봤다고 하면서 만새기 뒤를 쫓도록 할 거예요."

"그 사람 눈이 그렇게 나쁜가?"

"거의 눈이 안 보여요."

"그건 이상하구나……." 노인이 말했다. "그는 결코 바다거북을 잡아 본 적이 없는데. 그것이 눈을 망치거든."

"하지만 할아버지는 모스키토 해안에서 몇 년간 바다거북을 잡았지만 눈이 좋잖아요."

"내가 이상한 늙은이인 게지."

"그런데 할아버지는 지금 실제로 큰 고기를 잡을 수 있을 만큼 충분히 힘이 세죠?"

"나는 그렇게 생각한다. 그리고 거기엔 많은 요령이 있지."

"우리 저것들을 집으로 옮겨요." 소년이 말했다. "그래야 제가 투망을 가지고 정어리를 구하러 갈 수 있을 거예요."

그들은 배에서 용구들을 집어 들었다. 노인은 어깨 위에 돛대를 걸쳐 날랐고 소년은 단단히 꼬아 감긴 갈색 낚싯줄과 갈고리, 그리고 날카로운 작살이 든 목함을 날랐다. 미끼 상자는 큰 물고기가 배 가까이 당겨졌을 때 제압하는 데 사용하는 곤봉과 함께 선미 아래 나란히 놓여 있었다. 노인에게서 훔쳐 갈 사람은 아무도 없었기에 그것은 배에 두는 것이 더 나았고 무거운 낚싯줄은 이슬이 망쳐 놓을 것이므로 집에 두는 게 나았다. 또한 그는 자신의 것을 훔쳐 갈 도둑은 없을 거라고 확신했음에도 불구하고, 갈고리와 작살을 배에 남겨 두는 것은 불필요한 유혹을 불러일으킬 것이라고 염려했던 것이다.

그들은 노인의 오두막까지 함께 걸어가서 열려 있는 문을 통해 안으로 들어갔다. 노인은 돛이 감긴 돛대를 벽에 기대어 놓았고 소년은 상자와 다른 용구들을 그 옆에 놓았다. 돛대는 거의 그 오두막 방 하나만큼 길었다. 그 오두막은 구아노라고 불리는 대왕야자수의 질긴 껍질로 만들어졌으며, 그 안에는 침대 하나, 테이블 하나, 의자 하나, 그리고 요리를 위한 흙바닥이 숯과 함께 놓여 있었다. 억센 섬유질 구아노잎으로 겹쳐 붙인 평편한 갈색 벽에는 예수의 성심상 채색화와 또 하나의 코브레 성모상이 걸려 있었다. 그것들은 아내의 유품이었다. 한때 벽에는 아내의 색 바랜 사진이 걸려 있었지만 그것을 보면 너무 외로워졌으므로 그는 그것을 내렸고 구석의 선반 위 자신의 깨끗한 셔츠 아래 놓아두었다.

"뭘 좀 드셔야 하지 않나요?" 소년이 물었다.

"생선을 곁들인 노란 쌀밥 한 냄비가 있다. 좀 먹겠니?"

"아니에요. 저는 집에 가서 먹을래요. 불을 지펴 드릴까요?"

"아니다. 내가 나중에 하마. 아니면 찬밥을 먹어도 되고."

"투망 가져가도 되죠?"

"물론이지."

그곳에 투망은 없었고 소년은 그들이 그것을 언제 팔았는지 기억하고 있었다. 그러나 그들은 매일 이러한 꾸며 낸 이야기를 나누었다. 노란 쌀밥과 생선이 든 냄비 역시 없었는데 소년은 이 또한 알았다. "85는 행운의 숫자지." 노인이 말했다. "손질을 하고도 천 파운드가 넘는 놈을 내가 잡아 오는 걸 보면 어떨 거 같니?"

"저는 투망을 가지고 정어리를 잡으러 갈게요. 할아버진 문간에서 볕을 쬐며 앉아 계실래요?"

"그러마. 나는 어제 신문이 있으니 야구 기사나 읽어야겠다."

소년은 어제 자 신문 역시 꾸며 낸 것인지 아닌지 알지 못했다. 그러나 노인은 침대 밑에서 그것을 꺼냈다.

"페리코가 잡화점에서 내게 주더구나." 그가 설명했다.

"정어리를 가지고 돌아올게요. 할아버지와 제 것을 함께 얼음 속에 넣어 두었다가 아침에 나눌 수 있을 거예요. 제가 돌아오면 야구 이야기 꼭 해주세요."

"양키스는 지는 법이 없어."

"그렇지만 저는 클리블랜드 인디언스가 신경 쓰여요."

"양키스를 믿으렴, 얘야. 위대한 디마지오를 생각하렴."

"나는 디트로이트 타이거스와 클리브랜드 인디언스 둘 다 신경 쓰이는데요."

"아서라. 그러다 넌 심지어 신시내티 레즈와 시카고 화이트 삭스까지 신경 쓰이겠다."

"할아버지는 그걸 보고 계시다가 제가 돌아오면 말해 주세요."

"우리가 끝이 85가 들어간 복권을 사두는 건 어떻겠니? 내일이 85일째구나."

"그럴 수 있죠." 소년이 말했다. "하지만 할아버지의 위대한 기록인 87은 어떨까요?"

"기적이 두 번 일어날 수야 없겠지. 네 생각에 85를 찾을 수 있겠니?"

"한 장은 주문할 수 있어요."

"한 장이면 된다. 2달러 50센트. 우린 그걸 누구로부터 빌릴 수 있을까?"

"그건 쉬워요. 2달러 50센트쯤은 언제든 빌릴 수 있어요."

"아마 나도 할 수 있겠지. 하지만 나는 빌리지 않으려 노력할 게다. 처음엔 빌리지만 그러고 나선 구걸하게 되거든."

"따뜻하게 하고 계세요, 할아버지." 소년이 말했다. "9월이라는 걸 잊지 마세요."

"큰 고기가 나오는 달이지." 노인이 말했다. "5월이면 누구라도 어부가 될 수 있지만 말이다."

"전 이제 정어리를 잡으러 가요." 소년이 말했다.

소년이 돌아왔을 때 노인은 의자에서 잠들어 있었고 날이 저물었다. 소년은 침대에서 낡은 군용 담요를 가지고 나와 의자 뒤쪽에서 펼쳐서는 의자 등받이와 노인의 어깨를 덮었다. 기이한 어깨는 매우 나이 들었음에도 여전히 힘이 있었고, 목 또한 여전히 강했으며 노인이 잠들어 머리가 앞으로 고꾸라졌을 때 보인 주름살은 그리 많아 보이지 않았다. 셔츠는 매우 여러 번 덧대어 있어서 돛 같았고 덧댄 천들은 햇볕에 의해 다른 많은 색조로 바래 있었다. 노인의 머리는 많이 세어 있고 눈이 감겨 있어 얼굴에는 생기가 없었다. 신문이 무릎에 가로놓여 있었는데 팔의 무게로 그것은 저녁의 산들바람에도 그대로 유지되고 있었다. 그는 맨발인 채였다.

소년은 그를 거기에 두고 떠났고, 다시 돌아왔을 때 노인은 여전히 잠들어 있었다.

"일어나세요, 할아버지." 소년이 말하며 한 손을 노인의 무릎 위에 올렸다.

노인은 눈을 뜨고는 한동안 아주 먼 곳으로부터 깨어나고 있었다. 그러고 나서 미소를 지었다.

"뭘 가져왔니?" 그가 물었다.

"저녁이요." 소년이 말했다. "우리는 저녁을 먹을 거예요."

"나는 별로 시장하지 않은데."

"이리 와서 드세요. 고기를 잡고 오셨는데 안 드시면 안 되죠."

"먹으마." 노인은 일어서며 말하곤 신문을 잡아서는 그것을 접었다. 그러고 나서 담요를 접기 시작했다.

"담요는 그대로 두르고 계세요, 할아버지." 소년이 말했다. "할아버진 드시지 않고 고기를 잡으러 갈 순 없을 거예요, 제가 살아 있는 동안은."

"그러려면 오래 살고 잘 챙겨 먹으렴." 노인이 말했다. "우리가 먹을 게 뭐니?"

"검은콩이 든 쌀밥과 튀긴 바나나, 그리고 스튜요."

소년은 그것들을 2단짜리 금속 용기에 담아 '테라스'에서 가져왔다. 나이프와 포크와 스푼 두 세트는 각각 냅킨에 싸인 채 그의 호주머니 안에 있었다.

"이걸 누가 준 거니?"

"마틴이요. 주인 말예요."

"그에게 고맙다고 해야겠구나."

"제가 이미 인사했어요." 소년이 말했다. "할아버진 그에게 인사할 필요 없어요."

"큰 고기의 뱃살을 그에게 줘야겠다." 노인이 말했다. "그가 우리에게 이렇게 한 게 처음은 아니지 않니?"

"그런 거 같아요."

"나는 그에게 뱃살보다 그 이상의 무어라도 줘야만 할 것 같구나. 그가 우리를 많이 배려해 주니."

"그는 맥주 두 병도 보냈어요."

"나는 캔에 든 맥주를 무엇보다 좋아하지."

"알아요. 하지만 이건 병에 든 거예요, 아투웨이요, 제가 병은 다시 가져갈 거예요."

"고맙구나." 노인이 말했다. "우리 먹을까?"

"제가 계속해서 그러자고 하고 있는 중이잖아요." 소년이 다정하게 말했다. "전 할아버지가 드실 준비가 될 때까지 용기 뚜껑을 열어 보고 싶지 않았거든요."

"이제 준비가 됐구나." 노인이 말했다. "씻을 시간이 좀 필요했던 거야."

어디에서 씻었다는 거지? 소년은 생각했다. 이 마을에 공급되는 물은 두 블록 아래 길에 있었다. 할아버지를 위해 물을 가져왔었어야만 했는데, 하고 소년은 생각했다. 그리고 비누와 새 수건도. 왜 그 생각을 못했을까? 겨울을 보낼 다른 셔츠와 재킷, 그리고 신발류와 담요도 한 장 더 가져다 드려야겠어.

"스튜가 아주 훌륭하구나." 노인이 말했다.

"야구에 관해 말해 주세요." 소년이 그에게 요청했다.

"아메리칸리그에선 내가 말한 것처럼 양키스지." 노인이 행복하게 말했다.

"그들은 오늘 졌잖아요." 소년이 그에게 말했다.

"그건 아무 의미가 없다. 위대한 디마지오가 다시 회복했어."

"팀에는 다른 선수들도 있어요."

"당연하지. 하지만 그는 다르다. 다른 리그에서는, 브루클린과 필라델피아 둘 가운데에서라면 나는 브루클린을 꼽을 거다. 하긴 딕 시슬러와 옛 구장에서 날리던 그 대단한 타구들이 생각나긴 하는구나."

"그런 게 지금까지 없었어요. 그는 이전엔 결코 본 적 없는 장타를 쳐 댔었는데."

"너 기억하니? 그가 테라스에 오곤 하던 때 말이다. 난 그와 고기를 잡으러 가고 싶었었는데 물어보기엔 내가 너무 소심했고. 그래서 네게 물어보라고 했는데 너 역시 용기를 내지 못했지."

"알아요. 큰 실수였어요. 그는 우리와 함께 갔었을 텐데. 그러면 우리는 그걸 평생 추억하게 되었을 테구요."

"위대한 디마지오와 함께 고기를 잡으러 가고 싶구나." 노인이 말했다. "그의 아버지도 어부였다더구나. 아마 그도 우리처럼 가난했었으니 이해했을 게다."

"위대한 시슬러의 아버지는 결코 가난하지 않았어요. 그리고 그 사람은… 그 아버지는, 제 나이 때 빅리그에서 경기를 했어요."

"네 나이 때 나는 가로돛을 단 범선의 돛대 앞에서 아프리카로 달려갔고 저녁이면 해변에서 사자를 보곤 했단다."

"알아요. 할아버지가 제게 말해 줬어요."

"우리 아프리카 이야기를 할까, 야구 이야기를 할까?"

"야구요. 제 생각엔……." 소년이 말했다. "위대한 존 호따. 맥그로 선수에 대해 이야기해 주세요." 그는 J를 호따라고 불렀다.

"그 역시 아주 오래전에 테라스에 오곤 했었다. 하지만 그는 거칠고 귀에 거슬리는 소리를 해댔고 술을 마시면 좀 곤란했었지. 그의 정신은 야구뿐만 아니라 말들에게도 가 있었어. 적어도 그는 언제나 그의 호주머니에 경마 목록을 넣어 가지고 다녔고 자주 말들의 이름을 전화로 불러 주곤 했었지."

"그는 위대한 감독이었죠." 소년이 말했다. "우리 아버지는 그가 가장 위대했다고 생각해요."

"왜냐하면 그가 이곳에 가장 많이 왔기 때문이다." 노인이 말했다. "만약 듀로셔가 계속해서 매년 이곳에 왔었다면 네 아버지는 그가 가장 위대한 감독이었다고 생각했을 게다."

"누가 가장 위대한 감독일까요, 실제로, 루케 또는 마이크 곤잘레스?"

"내 생각에 그들은 비등하지."

"그리고 최고의 어부는 할아버지예요."

"아니다. 나는 더 나은 어부들을 알고 있다."

"설마요." 소년이 말했다. "많은 훌륭한 어부와 몇몇의 위대한 어부들이 있긴 할 거예요. 하지만 할아버진 유일해요."

"고맙구나. 너는 나를 행복하게 만드는구나. 우리가 잘못되었다는 것을 증명하는 너무 큰 물고기가 나타나지 않았으면 좋겠구나."

"할아버지 말처럼 할아버진 여전히 강하기 때문에 그런 물고기는 없을걸요."

"내 생각처럼 강하지 않을는지도 모른단다." 노인이 말했다. "하지만 나는 많은 요령과 해결책을 가지고 있지."

"할아버지 이제 침대에 들 시간이에요. 그래야 아침에 상쾌할 거예요. 저는 이것들을 테라스에 가져다주어야겠어요."

"잘 자렴. 아침에 너를 깨우마."

"할아버진 제 알람시계예요." 소년이 말했다.

"내게는 나이가 알람이지." 노인이 말했다. "노인들은 왜 그렇게 일찍 눈이 떠지는 걸까? 좀더 긴 하루를 갖기 위해선가?"

"저는 모르죠." 소년이 말했다. "제가 아는 건 아이들은 늦게까지 열심히 잔다는 거죠."

"나도 그랬던 걸 기억할 수 있지." 노인이 말했다. "정시에 너를 깨워 주마."

"그 사람이 나를 깨우는 건 싫어요. 제가 못난 것처럼 여겨지거든요."

"나도 안다."

"안녕히 주무세요, 할아버지."

소년은 나갔다. 그들은 테이블 위에 불도 켜지 않고 먹었던 것이고 노인은 바지를 벗고 어둠 속에서 침대에 들었다. 그는 베개를 만들기 위해 안쪽에 신문을 집어넣고 바지를 말았다. 그는 담요를 몸에 감고 침대의 스프링을 덮은 다른 오래된 신문 위에서 잠을 잤다.

그는 짧은 시간에 잠이 들었고 그가 소년이었던 때와 긴 황금빛 해변과, 너무 새하얘서 사람들의 눈을 찔러 대는 백색 해변과 높은 갑과 커다란 갈색 산의 아프리카 꿈을 꾸었다. 그는 이제 매일 밤 그 연안을 따라 살면서 꿈속에서 파도의 포효 소리를 들었으며 그것 사이로 달려오는 원주민들의 배를 보았다. 그는 갑판의 타르와 낡은 밧줄 냄새를 맡았고 아침이면 육지의 산들바람이 가져왔던 아프리카의 냄새를 맡았었다.

보통 그는 육지의 산들바람이 감지되었을 때 깨어났고 옷을 입고 가서 소년을 깨웠다. 그러나 오늘 밤 육지의 산들바람 냄새는 너무 일찍 왔고 꿈속에서도 그것이 너무 이르다는 것을 알았기에, 바다로부터 일어나는 섬의 흰 봉우리들을 보기 위해 계속해서 꿈을 꾸었고, 그런 다음 카나리아군도의 다른 항구와 정박지들을 꿈꾸었다.

그는 더 이상 폭풍우도, 여자도, 거대한 사건도, 거대한 물고기도, 싸움도, 힘겨루기도, 그의 아내조차도 꿈꾸지 않았다. 그는 단지 지금의 장소와 해변의 사자들만 꿈꾸었다. 그들은 황혼녘의 어린 고양이처럼 뛰어놀았고, 그는 사랑에 빠진 소년처럼 그들을 사랑했다. 그는 결코 그 소년에 대해서도 꿈을 꾸지 않았다. 그는 힘들이지 않고 일어나, 열린 문 밖의 달을 내다보고는 바지를 펼쳐서 입었다. 그는 오두막 밖에다 소변을 보고 나서 소년을 깨우기 위해 길을 나섰다. 아침의 냉기로 몸이 떨렸다. 하지만 그는 자신이 몸을 흔들면 따뜻해질 수 있다는 것과 곧 노를 젓게 되리라는 것을 알고 있었다.

소년이 살고 있는 집의 문은 잠겨 있지 않았고 그는 그것을 열고 맨발로 조용히 걸어 들어갔다. 소년은 첫 번째 방의 간이침대 위에서 잠들어 있었기에 노인은 스러지는 달빛에 드러난 그를 명확히 알아볼 수 있었다. 그는 한쪽 발을 부드럽게 잡고는 소년이 일어나 돌아누워 그를 볼 때까지 꼭 쥐고 있었다. 노인은 고개를 끄덕였고 소년은 침대 옆의 의자로부터 자신의 바지를 잡아끌어서는, 침대에 앉은 채, 그것을 당겨 입었다.

노인은 문을 나섰고 소년이 뒤를 따라 나왔다. 소년은 졸고 있었고 노인은 그의 팔을 소년의 어깨에 두르고는 말했다. "미안하구나."

"아무렇지 않아요." 소년이 말했다. "남자라면 해야만 할 일인데요."

그들은 노인의 오두막까지 걸어 내려갔고 길 전역에는, 어둠 속에서, 맨발의 사내들이 자신들 배의 돛을 나르느라 이동하고 있었다.

그들이 노인의 오두막에 도착했을 때 소년은 바구니 안의 낚싯줄 다발과 작살과 갈고리를 들었고 노인은 그의 어깨에 돛이 감긴 돛대를 걸쳤다.

"커피 드실래요?" 소년이 물었다.

"우리 이것들을 배에 두고 나서 그렇게 하자."

그들은 이른 아침 어부들을 위해 연 곳에서 연유 깡통에 든 커피를 마셨다.

"잠은 어떠셨어요?" 소년이 물었다. 소년은 잠에서 깨어나는 일이 여전히 힘들었음에도 불구하고 이제는 완전히 깨어 있었다.

"매우 잘 잤다, 마놀린." 노인이 말했다. "오늘은 확신이 생기는구나."

"저도 그래요." 소년이 말했다. "이제 저는 할아버지 정어리와 제 것, 그리고 할아버지의 신선한 미끼를 가지러 가야만 해요. 그 사람은 우리 장비를 본인이 옮겨요. 다른 사람이 어떤 것도 옮기는 걸 절대 원치 않아요."

"우리는 다르지." 노인이 말했다. "나는 네가 다섯 살 때부터 옮기도록 했잖니."

"저도 알아요." 소년이 말했다. "곧 돌아올게요. 커피 한 잔 더 하세요. 우리는 여기서 외상이 돼요."

그는 미끼를 저장해 둔 얼음 창고를 향해, 산호 암벽 위를 맨발로 떠났다.

노인은 천천히 커피를 마셨다. 그것은 그가 하루 종일 먹을 수 있는 것의 전부였기에 먹지 않으면 안 된다는 것을 알고 있었다. 오랫동안 이제 먹는 일이 진력이 나 있는 그는 결코 점심을 가져가지 않았다. 돛단배의 이물 안에 물 한 병을 가지고 있었고 그것이 그날 필요로 하는 것의 전부였다.

소년은 이제 정어리와 신문지에 싼 두 개의 미끼를 가지고 돌아왔고 그들은 발밑으로 자갈모래를 느끼면서 배를 향해 다져진 길을 걸어 내려가서는, 배에 돛을 달아서 물속으로 미끄러뜨렸다.

"행운을 빌어요, 할아버지."

"행운을 빈다." 노인이 말했다. 그는 놋좇 다리에 노의 밧줄 다발을 끼워 맞추고, 물속의 노깃을 밀치는 것과 반대로 앞으로 몸을 숙이며, 어둠 속에서 항구를 벗어나기 시작했다. 거기에는 다른 해안으로부터 온 다른 배들이 바다로 향하고 있었고 노인은 이제 달이 언덕 아래로 내려가서 심지어 그것들을 볼 수 없었음에도 불구하고 살짝 담갔다 미는 그들의 노 소리를 들을 수 있었다.

가끔 누군가가 배 안에서 말을 하기도 했다. 그러나 대부분의 배들은 노를 젓는 소리를 제외하고는 조용했다. 그들은 항구 어귀를 나선 후면 각각 흩어졌고 각자는 고기를 발견하기를 희망하는 대양 쪽으로 뱃머리를 향했다. 노인은 멀리 나갈 예정이었기에 대지의 향기를 뒤로 남겨 두고 깨끗한 이른 아침 대양의 향기를 향해 노를 저어 갔다. 그는 수심이 갑자기 700패덤이나 깊어지기 때문에 어부들이 깊은 우물이라고 부르는 대양의 윗부분을 노 저어 갈 때 물속 모자반속 해초의 푸른빛을 보았다. 수류의 소용돌이가 대양 바닥의 가파른 벽에 대항해 만들어지기 때문에 모든 물고기들이 모여 있는 곳. 이곳에는 새우들과 미끼 고기들이 떼를 지어 몰려 있었고 가끔씩 가장 수심이 깊은 구멍 속에 오징어 떼들도 몰려 있었는데, 그것들은 밤이 되면 수면 가까이 올라왔다가 그곳을 배회하는 물고기들의 먹잇감이 되기도 했다.

어둠 속에서 노인은 아침이 오고 있는 것을 느낄 수 있었고, 노를 저어 가면서 날치가 물을 떠날 때 내는 떨림 소리와 어둠 속에서 솟구쳐 오를 때 뻣뻣한 날개가 만들어 내는 쉿쉿 소리를 들을 수 있었다. 녀석들은 대양에서 으뜸가는 친구이기에 노인은 날치를 무척 좋아한다. 그는 새들을 안쓰럽게 여기는데, 항상 날아다니며 살피지만 거의 먹이를 찾지 못하는, 작고 연약한 흑색 제비갈매기가 특히 그러했다. 새들은 도둑새들과 무겁고 강한 새들을 제외하곤 우리네보다 힘든 삶을 살아간다고 그는 생각했다. 대양이 그렇듯 잔인할 수 있는데, 왜 신들은 제비갈매기들처럼 섬세하고 연약한 새를 만들었을까? 바다는 친절하고 매우 아름답다. 하지만 매우 잔인할 수 있고, 매우 급작스럽게 닥치는 데 반해, 작고 슬픈 목소리로 날며, 몸을 담그고 사냥을 하는 그런 새들은 바다에 비해 너무 연약하게 만들어진 것이다.

그는 항상 바다를 라 마르(la mar)로 생각했는데 이것은 그들이 바다가 사랑스러울 때 스페인어로 부르는 말이었다. 때때로 바다를 사랑하는 이들이 그것을 욕할 때가 있지만 그럴 때도 항상 여자로 여기며 말했다. 몇몇 젊은 어부들, 자신들의 낚싯줄의 찌로서 부표를 사용하고, 큰돈을 받고 상어 간을 팔아서 구입한 모터보트를 가지고 있는 이들은, 그것에 대해 엘 마르(el mar)라고 남성형으로 말했다. 그들은 바다에 대해 경쟁 상대 또는 경기장, 심지어는 적이라고까지 말했다. 그러나 노인은 항상 그것을 여성으로서 큰 호의를 주거나 주지 않기도 하는 어떤 것처럼 생각했고, 만약 거칠거나 심술궂은 일을 했다면 어쩔 수 없어서였을 것이라고 생각했다. 달은 여성에게 그런 것처럼 바다에게도 영향을 끼친다, 고 그는 생각했다.

그는 끊임없이 노를 젓고 있었는데 그것은 그의 속도 내에서 잘 행해졌으므로 크게 힘들일 필요가 없었고 해류의 특별한 소용돌이를 제외하고는 대양의 수면은 평편했다. 그는 그 일의 삼 분의 일을 해류에 맡겨 두고 있었고 날이 밝아 오기 시작했을 무렵에는 이미 자신이 그 시간에 있기를 희망한 것보다 훨씬 더 멀리 와 있다는 것을 깨달았다.

일주일간 깊은 우물을 돌아다녔지만 아무 일도 하지 못했지, 하고 그는 생각했다. 오늘은 가다랑어와 날개다랑어가 모여 있는 곳으로 나가 보면 어쩌면 거기에는 그들과 함께 큰 놈이 있을지도 몰라.

실제로 날이 밝아지기 전에 그는 미끼를 드리웠고 해류를 따라 떠돌았다. 첫 번째 미끼는 40패덤 밑에 있었다. 두 번째는 75패덤, 그리고 세 번째 네 번째는 100패덤과 125패덤의 푸른 물 밑에 있었다. 각각의 미끼는 갈고리 몸체를 미끼 물고기 속으로 끼워 넣은 채 머리를 아래로 향하게 매달아 단단히 매고 꿰었으며, 휜 곳과 바늘을 비롯해 갈고리의 드러난 부분 전부는 신선한 정어리로 덮었다. 각각의 정어리는 양 눈이 꿰어져, 튀어나온 쇠 위로 반 토막 난 고리 밧줄을 만들었다. 거대한 물고기가 향기로운 냄새와 충분한 맛을 느끼지 못할 부분은 갈고리 어느 곳에도 없었다.

소년은 그에게 두 마리의 작은 참치, 또는 날개다랑어를 주었는데, 그것들은 두 개의 가장 깊은 곳의 낚싯줄에 추처럼 매달았고, 다른 것에는, 이전에 사용하던 크고 푸른 전갱이와 갈전갱이를 매달았다. 그러나 그것들은 여전히 좋은 상태였고 냄새와 매력을 던져 줄 훌륭한 정어리였다. 큰 연필처럼 두터운, 각각의 낚싯줄에는 초록색 막대찌가 고리 지어 있었다. 무언가가 미끼를 당기거나 건드렸을 때 막대가 잠기고 두 개의 40패덤짜리 다발로 이루어진 각각의 낚싯줄은 다른 비축한 다발에 맬 수 있어서, 만약 필요하다면, 물고기 한 마리가 300패덤의 낚싯줄을 끌고 갈 수 있게 되어 있었다.

이제 사내는 돛단배 옆쪽 수면 위에 잠겨 있는 세 개의 막대찌를 지켜보았고 그 줄이 적당한 깊이에서 위아래로 팽팽히 당겨지도록 유지하면서 부드럽게 노를 저었다. 이제 날은 완전히 밝았고 어느 순간 태양이 떠오를 터였다.

태양이 바다로부터 희미하게 떠올랐고 노인은 물 위에 낮게 떠서 물으로부터 적당히 떨어져, 조류를 가로질러 퍼져 있는 다른 배들을 볼 수 있었다. 곧 태양이 더 밝아졌고, 그것이 확실히 떠올랐을 때 섬광이 물 위로 비쳤고, 평편한 바다는 그의 눈을 날카롭게 찌르는 것처럼 그것을 되돌려 보냈기에, 그는 그것을 바라보지 않고 노를 저었다. 그는 물을 내려다보았고 어두운 물속에 팽팽하게 당겨진 줄을 지켜보았다. 그는 그것들을 다른 어느 때보다 더 팽팽하게 유지했고, 그리하여 만류의 어둠 속 각각의 단계에서 그가 원했던, 거기서 헤엄치고 있는 어떤 물고기를 위해 미끼는 정확히 기다리고 있는 중일 터였다. 다른 이들은 그것들을 조류에 떠돌게 내맡겼으므로 어떤 때는 100패덤에 그것들이 있다고 생각할 때 60패덤에 있기조차 했다.

그렇지만, 나는 그것을 정확히 지킬 테다, 하고 그는 생각했다. 최근의 나는 단지 운이 없었을 뿐이야. 어쩌면 오늘은 다를지, 누가 알겠어? 매일매일은 새로운 날이지. 운이 따르면 더 좋을 테지만 그보다는 차라리 정확히 할 거야. 그러면 운이 찾아왔을 때 준비가 되어 있을 테니.

태양은 두 시간을 더 높이 떠올랐고 이제 그것은 동쪽을 살피는 데 눈을 찌를 정도는 아니었다. 시야에는 단지 세 척의 배만 있었는데 이제 그들은 매우 낮고 먼 연안에서 바라다보였다.

이른 아침의 태양은 평생 내 눈을 상하게 하는군, 하고 그는 생각했다. 그래도 항상 좋지. 저녁에는 침침해지는 법 없이 바로 바라볼 수 있으니 저녁 역시 영향력이 더하고. 하지만 아침엔 힘들어.

바로 그때 그는 앞쪽 하늘에서 길고 검은 날개로 선회하고 있는 군함새 한 마리를 보았다. 그는 자신의 펼쳐진 뒷날개를 비스듬히 내리고 재빠르게 하강했다가는, 다시 선회했다.

"뭔가 있군." 노인이 소리 내어 말했다. "저놈은 무작정 날고 있는 게 아니야."

그는 천천히 계속해서 새가 선회하고 있는 곳을 향해 노를 저었다. 그는 서두르지 않았고 자신의 낚싯줄을 위아래로 팽팽하게 유지했다. 그러나 그는 굳이 새를 이용하지 않고 고기를 잡았던 때보다 더 빠르긴 해도, 여전히 정확하게 고기를 잡기 위해 약간의 해류를 밀치고 나아갔다.

새는 허공을 더 높이 날다가 자신의 날개를 움직이지 않고 다시 선회했다. 그러고 나서 갑자기 물속으로 뛰어들었고 노인은 물 밖으로 튀어 올라 수면 위에서 필사적으로 미끄러지듯 나아가는 날치를 보았다.

"만새기 떼군." 노인이 소리 내어 말했다. "엄청난 만새기 떼야."

그는 노를 배에 올려두고 이물로부터 작은 낚싯줄을 가지고 왔다. 그것은 철사 목줄과 중간 크기의 바늘을 가지고 있어서 정어리 한 마리를 미끼로 끼웠다. 그는 그것을 옆으로 던져 넣은 다음 남겨진 것을 고물의 나사못에 단단히 고정시켰다. 그러고 나서 다른 줄에 미끼를 끼웠고 그것을 감아서 이물의 그늘 안에 남겨 두었다. 그는 다시 노를 젓기 시작했고 이제 물 위를 낮게 날며 작업하고 있는 긴 날개의 검은 새를 지켜보았다.

그가 지켜보고 있자니, 새는 다시 잠수하기 위해 날개를 기울이고 급강하했고 그러고 나서 날치를 쫓으면서 그것들을 거칠고 헛되게 흔들어 댔다. 노인은 커다란 만새기가 달아난 물고기를 쫓으면서 들어 올린 물속의 가느다란 등살을 볼 수 있었다. 만새기는 그 고기가 날고 있는 밑에서 물을 가르며 나왔고, 고기가 낙하할 때, 물속으로 전속력으로 달리곤 했다. 굉장한 만새기 떼군, 그들이 넓게 퍼져 있어서 저 날치들은 가능성이 희박하다고 그는 생각했다. 새도 가능성이 없어. 날치는 그에 비해 너무 크고, 너무 빠르게 가고 있으니.

그는 날치가 되풀이해서 튀어 오르는 것과 새의 헛된 움직임을 지켜보았다. 저 무리는 내게서 벗어났어, 하고 그는 생각했다. 그들은 너무 빠르고 너무 멀리 이동하고 있어. 그렇지만 어쩌면 나는 뒤처진 한 마리쯤은 찾아낼 수 있을지도 모르지. 어쩌면 그들 주변에 내가 찾는 큰 물고기가 있을는지도. 내 큰 물고기는 틀림없이 어딘가에 있을 거야.

육지 위의 구름은 이제 산처럼 떠올랐고 해안은 그 뒤쪽에 있는 회청색 언덕과 함께 단지 긴 녹색 선에 불과했다. 물은 이제 검푸른색으로, 거의 자줏빛을 띠며 매우 어두웠다. 그 안을 내려다보았을 때 그는 물속에서 플랑크톤의 붉은 찌꺼

기와 이제 태양이 만들어 낸 낯선 빛을 보았다. 그는 낚싯줄이 물속 보이지 않는 곳으로 곧게 드리워졌는지 살폈으며 그렇게 많은 플랑크톤을 보는 것이 행복했다. 그것은 곧 고기가 있다는 것을 의미했기 때문이다. 이제 태양은 더 높이 떠 있었고, 태양이 물속에 만들어 낸 그 낯선 빛은 좋은 일기를 의미했으며 육지 위의 구름 모양 또한 그러했다. 그러나 이제 새는 거의 보이지 않았다. 수면 위 역시 아무것도 보이지 않았지만, 햇빛에 바래 노랗게 된 사르가소 수초 몇 조각과 자줏빛의 무지개 형식을 갖추고, 부유하고 있는 고깔해파리의 젤리 같은 기포가 배 바로 옆에 펼쳐져 있었다. 그것이 옆으로 뒤집어졌다가 다시 일어났다. 그것은 물속에서 1야드쯤의 길고 치명적인 자줏빛 가는 실을 끌면서 거품처럼 발랄하게 떠 있었다.

"아구아 말라." 사내가 말했다. "너는 창녀야."

노에 의지하여 가볍게 도는 곳으로부터 그는 물속을 내려다보았고, 길게 나부끼는 꽃실처럼 착색되어, 그것들 사이에서, 그리고 그것이 떠갈 때 생긴 거품의 작은 그늘 밑에서 헤엄치고 있는 작은 물고기들을 보았다. 그들은 그것의 독에 면역되어 있었다. 그러나 사람은 그렇지 않아서, 노인이 고기를 잡는 동안 일부의 꽃실들이 낚싯줄에 걸려 올라오고 자줏빛 점액으로 남았다가, 그의 팔과 손에 덩굴옻나무나 옻나무 종류의 독성으로 생기는 것과 같은 염증과 상처를 나게 했다. 게다가 아구아 말라로부터 나오는 이러한 독성들은 채찍처럼 빠르게 덮쳐 왔다.

무지갯빛 거품은 아름다웠다. 그러나 그들은 바다에서 가장 기만적인 것이어서 노인은 큰 바다거북들이 그들을 먹어 치우는 걸 보는 것을 좋아했다. 바다거북들은 그들을 보면, 앞으로 다가갔고, 그러고 나서 온몸을 갑각화하기 위해 자신들의 눈을 감고는 그 가는 선들을 전부 먹어 치운다. 노인은 거북이 그들을 먹는 것을 보는 것을 좋아했고 폭풍우 후 해변에서 그들 위를 걸으면서, 단단하고 거친 발바닥으로 그들을 짓밟을 때 나는 팡팡 소리를 듣는 것을 좋아했다.

그는 초록바다거북과 대모거북을 그들의 우아함과 스피드, 그들의 높은 가치 때문에 좋아했는데, 반면 노랗게 착색된 갑옷과 묘한 교미 과정, 그리고 눈을 감고 행복하게 고깔해파리를 먹어 치우는 그 크고 우둔한 붉은바다거북에게는 친밀한 경멸감을 지니고 있었다.

그는 비록 오랫동안 거북잡이 배를 탄 적이 있었음에도 거북들에 대해 신비감을 지니고 있지는 않았다. 그는 그들 전부를 안쓰럽게 여겼는데, 심지어 소형 범선만큼 길고 무게가 1톤이나 되는 커다란 장수거북에게조차 그랬다. 대부분의 사람들은 거북을 자르고 도살한 후에도 한 시간 이상 거북의 심장이 뛸 것이라는 이유로 바다거북들에게 비정했다. 그러나 노인은, 나 역시 그런 심장을 가지고 있고 발과 손은 그들과 같아, 하고 생각했었다. 그는 자신의 근력을 키우기 위해 흰 거북 알을 먹었다. 그는 정말로 큰 고기가 있는 구월과 시월에 강해지기 위해 오월 내내 그것들을 먹었다.

그는 또한 많은 어부들이 자신들의 짐을 보관하는 오두막의 큰 드럼통에서 상어간유를 매일 한 컵씩 따라 마셨다. 그것은 원하는 모든 어부들을 위해 그곳에 있는 것이었다. 대부분의 어부들은 그 맛을 싫어했다. 그러나 그들이 일어나는 그 시간에 깨어나는 것에 비하면 나쁘달 것도 없었고 온갖 감기와 독감에 매우 좋았으며 눈에도 좋았다.

이제 노인이 올려다보자, 그 새가 다시 선회하는 것이 보였다.

"녀석이 물고기를 발견했군." 그는 소리 내어 말했다. 수면을 가르는 날치도 없었고 드문드문 보이던 미끼 고기도 없었다. 그러나 노인이 살피고 있을 때, 작은 참다랑어 한 마리가 허공으로 솟구쳤고, 뒤집혀서는 머리부터 먼저 물속으로 떨어졌다. 그 참다랑어는 햇볕에 은색으로 빛났으며 그것이 물속으로 거꾸로 떨어진 이후에는 다른 다랑어들이 잇따라 떠오르고 사방으로 뛰어올랐으며, 물을 휘저었고 미끼 뒤에서 긴 점프로 도약하곤 했다. 그들은 그것을 에워싼 채 몰아갔다.

만약 저들이 너무 빨리 이동하지 않는다면 나는 그들 속에 들어갈 텐데, 노인은 생각했고, 흰 물보라를 일으키는 고기 떼들과 이제 자신들의 공포로 수면 위로 올라온 미끼 고기 사이로 급강하해 몸을 담그는 새를 지켜보았다.

“새는 큰 조력자지.” 노인이 말했다. 바로 그때 줄의 고리를 매두었던, 고물의 낚싯줄이 그의 발밑에서 팽팽해졌고, 노를 떨구어 놓은 그가 단단한 그 줄을 잡고 끌어당기자 작은 다랑어가 전율하면서 당기는 비밀스러운 무게가 느껴졌다. 그 떨림은 당기면 당길수록 증가했으며, 뱃전에서 안쪽으로 휙 끌어올리기 직전에 그는 물속 물고기의 푸른 등과 금빛 옆면을 볼 수 있었다. 단단한 총알 모양의 그것이 햇볕에 드리운 고물 아래 누워서, 산뜻하고 민첩한 꼬리를 빠르게 털며 자신의 생명을 다해 배의 널빤지를 쳐대고 있는 동안, 그것의 크고, 멍한 눈은 휘둥그레 뜨여져 있었다. 노인은 친절을 베풀고자 그의 머리를 내리쳤고, 그를, 여전히 떨리고 있는 그의 몸뚱이를 고물의 그늘 아래로 차 넣었다.

“날개다랑어네.” 그는 소리 내어 말했다. “녀석은 훌륭한 미끼가 될 게야. 10파운드는 되겠는데.”

그는 자신이 혼자일 때 소리 내어 말하는 것을 언제 처음 시작했는지 기억하지 못했다. 예전에는 혼자 있을 때 노래를 부르곤 해서, 스맥선이나 거북잡이 배 안에서 당직이 되어 혼자 조종할 때면 가끔 밤에 부르기도 했다. 그는 아마 소년이 떠나고 혼자가 되면서부터, 소리 내어 말하기 시작했을 터이다. 그러나 기억하지는 못했다. 소년과 함께 고기를 잡을 때면 보통 꼭 필요할 경우에만 말을 했다. 그들은 밤이나 악천후로 폭풍우를 만났을 때 이야기를 나누었다. 바다에서는 불필요하게 이야기를 나누지 않는 것이 미덕으로 여겨졌고, 노인은 항상 그렇게 여겼으므로 그것을 존중했다. 그러나 이제 화를 낼 사람이 아무도 없어진 이후, 그는 자신의 생각을 소리 내어 몇 번이고 말했다.

"만약 다른 사람이 내가 소리 내어 이야기하는 것을 듣게 된다면 그들은 내가 미쳤다고 생각할 거야." 그는 소리 내어 말했다. "하지만 나는 미치지 않았으니, 상관하지 않아. 그리고 부자들은 라디오를 가지고 자기들 배 안에서 그것을 크게 틀어 놓고 야구까지 듣잖아."

지금은 야구를 생각할 시간이 아냐, 하고 그는 생각했다. 이제 오직 하나만 생각할 시간이야. 내가 무엇을 위해 태어났는가만. 저 무리 주변에 큰 놈이 있을지도 몰라, 하고 그는 생각했다. 나는 단지 먹이를 찾던 다랑어 떼로부터 낙오된 한 놈을 잡았을 뿐이야. 그렇지만 그들은 평소와 달리 빠르게 움직이고 있는 중이야. 수면에 보이는 모든 것들이 오늘은 매우 빠르게 북동쪽으로 이동하고 있어. 지금이 그럴 시간인가? 아니면 내가 모르는 일기의 어떤 조짐인 걸까?

그는 이제 해안의 녹색은 볼 수 없었고 단지 눈이 덮인 것처럼 흰색을 띤 푸른 언덕들의 정상과 그것들 너머의 높은 설산 같은 구름들만 볼 수 있을 뿐이었다. 바다는 매우 어두웠고 빛은 물에 프리즘을 만들었다. 플랑크톤의 무수한 조각들은 높은 태양에 의해 소멸되었고 이제 노인이 일 마일 깊이의 물속에 깊이 드리워진 그의 낚싯줄과 함께 볼 수 있는 것은 푸른 물속의 크고 깊은 프리즘뿐이었다.

다랑어—어부들은 이 다랑어 종의 고기들을 전부 이렇게 부르고, 단지 그것들을 팔러 갔을 때나 미끼 고기들과 바꿀 때 그들의 정식 이름을 구분해 사용했다—는 다시 가라앉았다. 태양은 이제 뜨거웠고 노인은 목 뒤로 그것을 느꼈으며, 노를 젓는 동안 그의 등으로 땀이 흐르는 걸 느꼈다.

그냥 떠다녀도 되겠는걸, 그는 생각했다. 나를 깨울 수 있게 발가락에 낚싯줄의 고리를 감고 자도 괜찮겠어. 그렇지만 오늘은 85일째 되는 날이니 오늘 하루는 제대로 낚아야겠지.

자신의 낚싯줄을 지켜보고 있던 바로 그때, 그는 튀어나와 있던 녹색 찌가 격렬하게 잠기는 것을 보았다.

"그래." 그는 말했다. "그래." 그리고 그의 노를 배에 부딪치지 않게 내려놓았다. 그는 낚싯줄을 잡으려고 손을 뻗었고 그것을 오른손 엄지와 새끼손가락 사이로 부드럽게 쥐었다. 그는 압박도 무게도 느끼지 않고 가볍게 줄을 잡았다. 그때 다시 반응이 왔다. 이번에 그것은 강하지도 격렬하지도 않은, 주저하는 당김이었고, 그는 그것이 무엇인지 정확하게 알고 있었다. 100패덤 아래 청새치 한 마리가 갈고리의 끝부분과 자루를 덮은 정어리를 먹고 있는 것일 텐데, 거기에는 손으로 주조한 갈고리가 작은 다랑어의 머리 쪽에 튀어나와 있었다.

노인은 낚싯줄을 섬세하게 잡아서는, 왼손으로 부드럽게 막대로부터 풀었다. 이제 그는 고기가 아무 긴장도 느끼지 않게 하면서 손가락 사이로 풀려 나가게 할 수 있었다.

이건 간단치 않아, 이달에 나오는 것 중에서도 아주 큰 녀석임에 틀림없어, 하고 그는 생각했다. 그것들을 먹으렴, 고기야. 그것들을 먹어. 어서 그것들을 먹으렴. 그것들이 얼마나 신선하냐, 또 너는 600피트 아래 어둠 속 차가운 물 밑에 있지 않느냐. 어둠 속에서 다시 한번 돌아서 와서 그것들을 먹으렴. 그는 가볍고 섬세한 당김이 있고 나서 틀림없이 좀더 어려울, 낚싯바늘로부터 정어리 머리를 떼어 내려 하는 강한 당김을 느꼈다. 그러고는 전혀 움직임이 없었다.

"어서 오렴." 노인이 소리 내어 말했다. "다시 한번 돌아서라. 그냥 그것들의 냄새만 맡는 거야. 그것들이 사랑스럽지 않니? 이제 그것들을 기쁘게 먹고 나면 거기 다랑어가 있단다. 단단하고 차갑고 사랑스럽지. 부끄러워 마라, 고기야. 그것들을 먹으렴."

그는 엄지와 검지 사이에 낚싯줄을 잡고, 그것과 또 다른 두 개의 낚싯줄을 동시에 지켜보면서, 물고기가 위아래로 헤엄칠 수 있도록 기다렸다. 그때 다시 그것을 건드리는 이전과 같은 섬세한 당김이 왔다.

"녀석은 먹을 게야." 노인은 소리 내어 말했다. "하나님, 녀석이 그것을 먹도록 도우소서."

그럼에도 불구하고 녀석은 그것을 먹지 않았다. 그는 떠났고 노인은 아무것도 느끼지 못했다.

"녀석이 가버렸을 리 없어." 그는 말했다. "틀림없이 녀석이 가버렸을 리 없어. 녀석은 돌아설 거야. 아마 녀석은 전에 바늘에 걸려 본 적이 있고 그에 관해 뭔가를 기억하는 걸 테지."

그때 그는 낚싯줄이 완만하게 건드려지는 것이 느껴져서 만족스러웠다.

"단지 돌아섰을 뿐이다." 그는 말했다. "녀석은 먹을 게야."

그는 완만하게 당겨지는 느낌이 만족스러웠고 그러고 나서 무언가 단단하고 믿을 수 없을 정도의 묵직함을 느꼈다. 그것은 물고기의 무게였기에 그는 처음에 펼쳐 두지 않았던 두 개의 여분 다발을 슬그머니 아래로, 아래로, 아래로 풀어 주었다. 그것이 노인의 손을 통해 가볍게 풀려서 내려갈 때, 엄지와 검지의 압력을 통해 거의 가늠할 수 없을 만큼의 여전히 거대한 무게를 느낄 수 있었다.

"굉장한 고기로군." 그는 말했다. "녀석은 이제 그것을 옆으로 물었고 그것과 함께 움직이고 있어."

그러고 나서 녀석은 돌아서서 삼킬 테지, 하고 그는 생각했다. 그는 그것에 대해서는 말하지 않았다. 만약 좋은 일을 입 밖에 내고 나면 그것이 일어나지 않을 수도 있다는 것을 알고 있었기 때문이다. 그는 이것이 얼마나 커다란 물고기인지를 알고 있었고 녀석이 입으로 비스듬히 문 다랑어와 함께 어둠 속으로 움직여 갈 거라고 생각하고 있었다. 그 순간 그는 녀석이 움직임을 멈췄다는 것과 함께 그 무게는 여전히 거기에 남아 있다는 것을 느꼈다. 그때 그 무게가 증가했고 그는 줄을 좀더 내주었다. 그가 잠깐 동안 엄지와 검지의 압력으로 쥐고 있는 사이 그 무게가 증가함과 동시에 곧바로 아래로 꽂혔다.

"녀석이 먹었다." 그는 말했다. "이제 제대로 먹게 해주지."

그는 손가락들 사이로 낚싯줄을 풀어 놓는 동안 왼손을 아래로 뻗어 비축된 두 개의 다음 낚싯줄의 고리를 두 개 다발의 풀려 있는 끝에 단단히 붙들어 맸다. 이제 준비는 끝났다. 그는 이제 사용하고 있는 다발뿐만 아니라 비축해 둔 40패덤 낚싯줄 세 다발을 가지고 있었다.

"조금만 더 먹어." 그는 말했다. "완전히 삼켜라."

어서 삼켜라, 바늘 끝이 네 심장을 꿰뚫고 너를 죽일 수 있도록, 하고 그는 생각했다. 안심하고 올라오렴, 네게 작살을 꽂아 줄게. 좋아. 준비됐지? 충분히 먹을 만큼 먹었잖아?

"지금!" 그는 소리 내어 말하며 양손으로 힘껏 낚아채서, 1야드의 낚싯줄을 확보했고, 그러고 나서 모든 힘과 몸의 중심축의 무게로 각각의 팔을 번갈아 교환해 가며 몇 번이고 되풀이해서 낚싯줄을 낚아챘다.

아무 일도 일어나지 않았다. 물고기는 그저 서서히 멀어져 갔고 노인은 1인치도 끌어올릴 수 없었던 것이다. 그의 낚싯줄은 강했고 중량 있는 물고기를 위해 만들어졌다. 그는 줄에서 물방울이 튀어 오를 만큼 매우 팽팽해질 때까지 그것을 등에 대고 있었다. 그때 그것이 물속에서 천천히 이 갈리는 소리를 내기 시작했고 그는 가로장에 기대 버티면서 끌어당김에 대항해 상체를 뒤로 젖히면서 여전히 그것을 잡고 있었다. 배는 북서쪽을 향해 천천히 움직이기 시작했다.

물고기는 지속적으로 움직였고 그들은 평온한 물 위를 천천히 이동했다. 다른 미끼들은 여전히 물속에 있었지만 할 일은 아무것도 없는 것이었다.

"그 애가 있었으면 좋겠군." 노인이 소리 내어 말했다. "나는 물고기 한 마리에게 끌려가는 예인줄 말뚝 신세야. 낚싯줄을 단단히 맬 수는 있겠지. 하지만 그러면 녀석은 그것을 끊어 버릴 거야. 나는 할 수 있는 한 녀석을 잡고 있어야만 하고 녀석이 그것을 가지려고 할 때면 줄을 내주어야 하는 거야. 고맙게도 녀석은 이동하면서 밑으로 내려가지는 않고 있어."

만약 녀석이 밑으로 내려가기로 결심하면 어떻게 해야 할까, 모르겠다. 만약 녀석이 소리를 내고 죽으면 어떻게 하지, 모르겠다. 하지만 나는 무언가를 하겠지. 내가 할 수 있는 일은 많으니까.

그는 낚싯줄을 등에 대고 받쳐 잡고는 물속에 든 그것의 기울기를 지켜보고 있었고 작은 배는 계속해서 북서쪽으로 움직였다.

이것이 녀석을 죽일 거야, 노인은 생각했다. 녀석은 영원히 이러고 있을 수는 없을 테니. 그러나 네 시간 후에도 물고기는 여전히 바다 멀리로 계속해서 헤엄치고 있었고, 돛단배는 끌려가고 있었으며, 노인은 낚싯줄을 등에 가로지른 상태로 단단히 버티고 있었다.

"내가 녀석을 낚은 게 정오였지." 그는 말했다. "그런데 여태 녀석을 보지 못했군."

그는 고기가 갈고리에 걸리기 전 머리에 밀짚모자를 세게 눌렀었는데 그것이 이마를 파고들었다. 그는 너무 목이 말랐기에 무릎을 꿇은 채, 낚싯줄이 급격히 움직이지 않도록 주의하면서, 할 수 있는 한 멀리 뱃머리로 움직여 한 손을 물병으로 뻗었다. 그는 그것을 열었고 조금 마셨다. 그러고 나서 뱃머리에 기대어 쉬었다. 그는 떼어 낸 돛대와 돛에 앉아 쉬면서 오로지 견뎌야 한다는 것 말고는 다른 생각을 하지 않으려고 애썼다.

그러고 나서 그는 그 뒤를 살폈는데 눈에 들어오는 땅이 없었다. 그건 문제가 되지 않는다, 고 그는 생각했다. 나는 언제든 아바나의 불빛으로 들어올 수 있어. 해 지기 전까지는 아직 두 시간이 더 있고 녀석은 그전에 올라올 거야. 어쩌면 녀석은 달과 함께 올라올지도 몰라. 만약 그렇지 않으면 일출과 함께 올라올지도. 나는 쥐도 나지 않았고 기운이 살아나고 있어. 입에 바늘이 걸린 건 녀석이야. 하지만 이처럼 줄을 당기는 물고기라니 도대체 뭐지. 녀석은 철삿줄에 꽉 끼인 채 입을 다물고 있을 것이 분명해. 녀석을 볼 수 있었으면 좋겠군. 내가 상대하고 있는 것이 무엇인지 단 한 번만이라도 볼 수 있었으면 좋으련만.

물고기가 그 밤 내내 진로나 방향을 결코 바꾸지 않았다는 것을 사내는 별들을 지켜보는 것으로 알 수 있었다. 해가 진 후 추워졌고 노인의 땀은 등과 팔, 나이 든 다리 위에서 차갑게 식어 있었다. 낮 동안 그는 공구 상자를 덮었던 마대자루를 꺼내 햇볕 아래 펼쳐 말려 두었다. 해가 진 후 그는 그것으로 등을 덮어 받쳐 있게 하기 위해 목에 둘러 묶었으며 이제 어깨에 가로질러 있는 낚싯줄 아래 놓이도록 조심스럽게 움직였다. 그 마대자루는 낚싯줄의 충격을 흡수했고 그는 뱃머리에 기대 앞쪽으로 젖히는 방법을 찾았기에 어느 정도 편안해졌다. 그 자세는 사실 단지 견딜 수 없는 것을 다소 완화시켜준 것이지만, 그 자신은 어느 정도 편안해진 것처럼 여겨졌다.

나는 그로 인해 아무것도 할 수 없고 그는 나로 인해 아무것도 할 수 없군, 하고 노인은 생각했다. 그가 이 상태를 벗어나려 하지 않는 한 말이야.

일단 그는 일어서서 뱃전 너머로 소변을 보고는 별들을 보았고 경로를 점검했다. 낚싯줄은 그의 어깨에서 뻗어나가 물속에서 인광을 내는 기다란 띠처럼 보였다. 그들은 이제 좀더 천천히 움직였고 아바나의 불빛은 그리 강하지 않았으므로, 그로 인해 그는 해류가 틀림없이 그들을 동쪽으로 이동시키고 있다는 것을 알고 있었다. 만약 내가 아바나의 불빛을 잃은 것이라면 우리는 틀림없이 좀더 동쪽으로 가고 있는 거야, 하고 그는 생각했다. 만약 물고기의 경로가 이대로 유지된다면 나는 틀림없이 좀더 많은 시간 그것을 보아야 할 테지. 오늘 메이저리그는 어찌 되었는지 야구가 궁금하군, 하고 그는 생각했다. 이것을 중계하는 라디오가 있었으면 굉장했을 텐데. 그러고는 생각했다. 항상 그 생각이군. 자네가 하고 있는 일만 생각해. 어리석은 짓은 아무것도 해서는 안 되지.

그러고 나서 그는 소리 내어 말했다. "그 애가 있었다면 좋을 텐데. 나를 도우면서 이것을 볼 수 있게 말이지."

누구라도 노년엔 혼자 있어서는 안 되는 거야, 하고 그는 생각했다. 그렇지만 그건 피할 수 없는 일이지. 힘을 유지하기 위해서는 저 다랑어가 상하기 전에 반드시 먹어야 하는 걸 기억해야 한다. 기억하게, 자네가 조금도 원치 않는 것과 상관없이 말일세, 아침에 자네는 그것을 반드시 먹어야만 하는 거네. 기억하게, 하고 그는 자신에게 말했다.

밤사이 두 마리의 돌고래가 배 주변으로 왔고 그는 그들이 뒹굴며 물을 뿜어내는 소리를 들을 수 있었다. 그는 수컷이 만들어 내는 물 뿜는 소리와 암컷이 한숨을 쉬듯 불어 대는 소리를 분간할 수 있었다.

"그들은 선해." 그는 말했다. "놀고 농담을 하고 서로 사랑을 하지. 그들은 날치처럼 우리의 형제들이야."

그러고 나서 그는 낚싯바늘에 걸려 있는 거대한 물고기를 동정하기 시작했다. 굉장할 정도로 낯설면서 얼마나 나이 든 건지 알 수 없어, 하고 그는 생각했다. 그토록 힘이 세면서 이렇게 낯설게 행동하는 물고기는 결코 본 적이 없어. 아마 그는 너무 현명해서 뛰어오르지도 않는 걸 거야. 뛰어오르거나 사납게 달려드는 것만으로 나를 굴복시킬 수 있었을지 모르는데. 하지만 아마 전에 몇 번 낚싯바늘에 걸려 본 적이 있고 이것이 자신이 싸울 수 있는 방법이라는 것을 알고 있는 걸 거야. 자신이 대항하는 것이 단지 한 사람뿐이라는 사실과, 그것도 노인네라는 것을 알 턱이 없었을 거야. 어쨌거나 이 얼마나 대단한 물고기인가, 더군다나 살집이 좋다면 시장에서 대접은 얼마나 받을까. 녀석은 수컷처럼 미끼를 물고, 당기면서 싸우는 것에 전혀 당황하지 않고 있어. 녀석은 어떤 계획을 가진 것일까 아니면 나처럼 단지 필사적인 것일까?

그는 청새치 한 쌍 중 한 마리가 낚싯바늘에 걸렸던 때가 떠올랐다. 수컷 물고기는 항상 암컷 물고기가 먼저 먹도록 하는데, 갈고리에 걸린 암컷은, 공황 상태에 빠져 마구 흥분했고, 절망적인 싸움으로 곧 지쳐 버렸는데, 수컷은 줄곧 낚싯줄을 가로지르며 암컷과 함께 수면 위를 돌면서 함께 머물렀다. 노인은 수컷이 너무 가까이 머무르는 것이 두려웠는데, 큰 낫처럼 예리하고 거의 그 크기인 꼬리로 낚싯줄을 끊을까 봐서였다. 노인은 작살로 암컷을 꿰고 곤봉질을 했는데, 사포날처럼 날카로운 부리를 잡고, 색깔이 거의 유리의 뒷면처럼 변할 때까지 머리 맨 위쪽을 두드려 팼고, 그런 다음, 소년의 도움을 받아, 배 위로 끌어올렸고, 수컷 물고기는 배 옆에서 머물러 있었다. 그러고는, 노인이 낚싯줄을 정리하고 작살을 준비하는 동안, 암컷이 어디 있는지 보려고 배 옆 허공에서, 자신의 가슴지느러미인 라벤더색 날개를 넓게 펼쳐 넓은 줄무늬를 전부 내보이면서, 높이 뛰어올랐다가는 이내 깊이 가라앉았다. 그는 멋졌고 끝까지 머물렀었지, 하고 노인은 기억했다.

그것은 내가 이전에 본 중에 가장 슬픈 일이었지, 하고 노인은 생각했다. 소년 역시 슬퍼했고 우리는 암컷에게 용서를 구하면서 신속하게 죽여 주었지.

"그 애가 여기 있었으면 좋았을 텐데." 그는 소리 내어 말하며 뱃머리의 둥글린 널빤지에 기대앉았고 자신의 어깨를 가로질러 잡고 있는 낚싯줄을 통해 선택했던 것을 향해 한결같이 나아가고 있는 거대한 물고기의 힘을 느꼈다.

일단, 내 '배반'을 통해, 그로서도 선택해야 할 필요성이 있었을 테지, 하고 노인은 생각했다.

그의 선택은 모든 올가미와 함정 그리고 배반 너머 깊고 먼 어두운 물속에 머무는 것이었을 테다. 내 선택은 그를 찾아 모든 사람들 너머에 있는 그곳으로 가는 것이었고. 세상의 모든 사람들 너머. 이제 우리는 함께 모여 정오 이래 같이 있다. 그래서 우리 중 어느 한쪽도 도와줄 이는 아무도 없는 것이다.

어쩌면 나는 어부가 되지 말았어야 했어, 하고 그는 생각했다. 그렇지만 그게 내가 태어난 목적이었지. 날이 밝은 후 다랑어를 먹어야 한다는 걸 확실히 기억해 두자.

날이 새기 얼마 전에 무언가가 그의 뒤에 있던 미끼 중 하나를 물었다. 그는 막대가 부러지고 낚싯줄이 고깃배의 뱃전으로 튀어나가기 시작하는 소리를 들었다. 어둠 속에서 그는 칼집의 칼을 풀어서 왼쪽 어깨 위 물고기의 모든 압박을 받아들이면서 상체를 뒤로 젖혀 뱃전의 나무에 의지하고 있던 낚싯줄을 끊었다. 그러고는 그에게서 가까운 다른 낚싯줄을 끊어서는 어둠 속에서 예비 다발의 느슨한 끝을 단단히 동여맸다. 그는 한 손으로 능숙하게 작업하면서 낚싯줄을 잡아 두기 위해 발로 밟고 매듭을 단단히 당겼다. 이제 그는 여섯 개의 예비 다발을 갖고 있었다. 각각의 미끼로부터 두 개씩 끊어 놓은 것과 물고기가 물고 있는 미끼에 이어진 두 개, 그것들은 모두 연결되어 있었다.

날이 밝은 후, 40패덤짜리 미끼로 돌아가 그 역시 끊어 버리고 예비 다발에 연결해 두어야겠어, 하고 그는 생각했다. 나는 훌륭한 카탈루냐산 줄 200패덤뿐만 아니라 낚싯바늘과 목줄을 잃게 되겠지. 그것은 대신할 수 있어. 하지만 만약 내가 어떤 고기를 낚았다가 그것을 끊어 버린다면 그 고기는 무엇으로도 대신할 수 없는 거야. 지금 막 미끼를 물었던 고기가 무언지 나는 알지 못한다. 청새치나 황새치 또는 상어였을 테지. 그걸 느껴 보지도 못했군. 가능한 한 빨리 그를 놓아 버렸어야 했으니 말야.

소리 내어 그가 말했다. "그 애가 있다면 좋았을 텐데."

하지만 네게 그 애는 없어, 그는 생각했다. 네게는 오로지 너 자신뿐이니, 어둡든 말든, 너는 지금 남은 낚싯줄로 다가가서 그것을 끊어 버리고 두 개의 예비 다발을 연결시키는 게 좋을 거야.

그래서 그는 그렇게 했다. 그것은 어려운 일이어서 어둠 속에서 한번은 물고기가 격동을 일으켜서 얼굴에 밧줄이 쓸리면서 눈 아래가 찢겼다. 피가 뺨으로 조금씩 흘러내렸다. 그러나 그것은 턱에 도달하기 전에 응고되어 말랐고 뱃전에 다가가 진행을 마친 후 판자에 기대 휴식을 취했다. 그는 마대자루를 조정하고, 주의해서 그것이 그의 어깨에 고정되도록 묶고 나서, 낚싯줄이 새로운 어깨 부분으로 가로지르도록 옮겼고, 조심스럽게 물고기의 당김을 느끼고 난 연후에 물살을 헤쳐 나가는 배의 진행을 손바닥으로 느꼈다.

무엇이 녀석을 요동치게 만든 걸까, 하고 노인은 생각했다. 철사가 그의 거대한 언덕 같은 등에 씌워진 게 틀림없어. 확실히 녀석의 등은 나처럼 심하게 고통을 느끼지는 못할 테지. 그렇지만 그가 얼마나 크든지 간에 이 배를 영원히 끌 수는 없는 거야. 이제 문제될 수 있는 모든 일이 정리되었고 나는 충분한 예비 다발을 가진 게야. 사내로서 더 바랄 게 없는 거지.

"고기야." 그는 입 밖으로 소리 내어, 부드럽게 말했다. "나는 내가 죽을 때까지 너와 함께 머물 거란다."

짐작건대, 그 또한 나와 함께 머물 테지, 하고 노인은 생각하면서 동트기를 기다렸다. 날이 밝기 전인 지금, 그 시간은 추웠기에 온기를 내기 위해 판자에 대고 몸을 비볐다. 그가 하는 한 나도 할 수 있어, 하고 노인은 생각했다. 여명 속에서 낚싯줄이 풀려 나가면서 물속으로 내려갔다. 배는 계속해서 움직였고 태양의 맨 처음 윗부분이 떠올랐을 때 그것은 노인의 오른쪽 어깨 위에 올려져 있었다.

"녀석이 북쪽으로 가고 있군." 노인이 말했다. 해류는 우리를 먼 동쪽으로 데려다 놓으려 하겠지, 하고 그는 생각했다. 녀석이 해류를 따라 돌기만 하면 얼마나 좋을까. 그건 녀석이 지쳤다는 걸 보여 주는 셈일 테니.

태양이 더욱 떠올랐을 때 노인은 물고기가 지치지 않았다는 것을 알았다. 다만 한 가지 유리한 조짐이 있었다. 낚싯줄의 경사가 녀석이 좀더 얕은 깊이에서 헤엄치고 있음을 일러주고 있었다. 그것이 반드시 녀석이 뛰어오르리라는 걸 의미하는 건 아니었다. 하지만 그럴지도 모른다.

"하나님 그가 뛰어오르게 하소서." 노인이 말했다. "저는 그를 다룰 충분한 줄을 가지고 있나이다."

만약 내가 조금이라도 더 팽팽히 할 수 있다면 녀석을 고통스럽게 만들 테고 그러면 뛰어오를 텐데, 하고 그는 생각했다.

이제 날이 밝았으니 녀석이 뛰어오르도록 해서 등뼈를 따라 있는 부레에 공기가 채워지도록 하자. 그러면 녀석은 죽어서도 깊이 내려갈 수 없을 테니.

그는 더 팽팽하게 당겨 보려 애썼지만, 낚싯줄은 고기를 낚은 이후 가장 최대치의 한계점까지 팽팽해져 있는 상태였고, 뒤로 당겼을 때 거친 저항이 느껴졌으므로 더 이상 당길 수 없다는 것을 알고 있었다. 결코 급작스레 당겨서는 안 돼, 하고 그는 생각했다. 급작스레 당길 때마다 바늘로 찢긴 곳이 넓어질 테고 그러면 녀석이 뛰어올랐을 때 떨어져 나갈지도 몰라. 어쨌든 해가 있으니 기분이 한결 좋군, 지금은 저것을 똑바로 바라보지 않아도 되고 말야.

낚싯줄 위에 노란 해초가 있었지만 노인은 그것이 단지 제동력을 더해 주는 거라는 걸 알기에 기분이 좋았다. 그것은 밤이면 최고로 푸른빛을 발하는 노란 모자반속 해초였다.

"물고기야," 그는 말했다. "나는 너를 사랑하고 무척 존경한다. 그렇지만 오늘이 마쳐지기 전에 죽이고 말 테다."

우리 그렇게 되길 바라자꾸나, 하고 그는 생각했다.

작은 새 한 마리가 북쪽으로부터 고깃배 쪽으로 날아왔다. 그는 휘파람새였는데 물 위를 매우 낮게 날고 있었다. 노인은 그가 매우 지쳐 있다는 것을 알 수 있었다.

새는 배의 고물에 내려앉았고 거기서 쉬었다. 그러고 나서는 노인의 머리 위를 돌더니 좀더 쾌적한 낚싯줄 위로 가서는 쉬었다.

"너는 몇 살이냐?" 노인은 새에게 물었다. "이게 네 첫 번째 여행인 게냐?"

그가 말할 때 새는 그를 바라보았다. 새는 낚싯줄을 살펴보지도 못할 만큼 지쳐 있었고 그 위에서 연약한 발로 힘들게 매달려서 불안정하게 서 있었다.

"한결같구나." 노인이 그에게 말했다. "역시 한결같아. 너는 바람 한 점 없는 밤을 보냈으면서 그렇게 지쳐서야 되겠니. 무엇 때문에 새들이 오는 거지?"

매들은, 저들을 만나기 위해 바다로 나온다, 고 그는 생각했다. 그렇지만 그는 이에 대해, 뭐라 해도 이해할 수도 없고, 매에 대해 곧 충분히 알게 될 새에게 아무 말도 하지 않았다.

"충분히 쉬렴, 작은 새야." 그는 말했다. "그러고 나서 떠나여느 사람이나 혹은 새나 물고기처럼 기회를 잡아 보려무나."

밤사이 등이 마비되고 이제 정말로 고통스러웠으므로 말을 하는 것이 그에게는 힘이 되었다.

"네가 좋다면 내 집에 머물려무나, 새야." 그는 말했다. "내가 돛을 올려서 지금 불고 있는 미풍으로 너를 데려갈 수가 없구나. 미안하지만 나는 친구와 함께 있거든."

바로 그때 물고기가 갑자기 요동을 쳐서 노인은 고물 위로 허물어졌는데, 만약 그가 자신을 버티며 약간의 줄을 내어 주지 않았다면 배 밖으로 끌려 나갈 뻔했다.

새는 낚싯줄이 갑자기 당겨졌을 때 날아올랐고 노인은 그가 가는 것조차 보지 못했다. 그는 오른손으로 조심스럽게 낚싯줄을 느껴 보았고 자신의 손에 피가 흐르고 있는 것을 깨달았다.

"무언가가 녀석을 아프게 했군." 그는 소리 내어 말하곤, 물고기의 방향을 돌릴 수 있는지 보기 위해 등 위의 줄을 당겼다. 그러나 더 당길 수 없는 한계점에 이르렀을 때 그는 그대로 잡고만 있는 채로 등에 대고 버텼다.

"너도 이제 그걸 느끼고 있구나, 물고기야." 그는 말했다. "그래, 정말이지 나도 그렇다."

그는 이제 새를 찾아 둘러보았는데 친구로서 그를 좋아했었기 때문이다. 새는 떠났다.

너는 오래 머물지 않았구나, 하고 노인은 생각했다. 그렇지만 네가 해안에 이르기 전까지 가고 있는 곳은 더 거칠 게다. 어떻게 고기가 한 번 당겼다고 해서 이렇게 다칠 수가 있지? 나는 아주 멍청해져 가고 있는 게 틀림없어. 아니면 내가 작은 새를 바라보며 그에 대한 생각에 빠져 있어서였는지도 모르지. 이제 나는 내 일에만 신경 써야겠다. 기운을 잃지 않기 위해서는 반드시 다랑어를 먹어야만 해.

"그 애가 여기 있고 소금이 좀 있었으면 좋겠군." 하고 그는 소리 내어 말했다.

낚싯줄의 무게를 왼편 어깨 위로 옮기고 조심스럽게 무릎을 꿇은 그는 그 상태로 대양 속, 물에 손을 담가 씻으면서, 피가 꼬리를 물고 흘러가는 것과 배가 움직이면서 자신의 손을 거스르는 한결같은 물의 움직임을 일 분 이상 지켜보았다.

"녀석도 속도를 많이 늦췄어." 그는 말했다.

노인은 손을 소금기 있는 물속에 좀더 담가 두고 싶었지만 물고기의 갑작스러운 요동질이 두려웠으므로 일어서서 버티며, 햇볕에 대고 손을 들어 올렸다. 단지 낚싯줄에 살이 좀 쓸렸을 뿐이지만, 그럼에도 손 가운데서도 작업을 해온 부위였다. 그는 이 일이 끝나기까지 절대적으로 손이 필요하다는 것을 알고 있었기에 시작도 하기 전에 다쳤다는 것이 마땅치 않았다.

손이 마르자, 그가 말했다. "이제, 다랑어 새끼를 먹어야만 해. 갈고리로 끌어다가 여기서도 편안히 먹을 수 있을 게야."

그는 무릎을 꿇고 갈고리로 고물 아래 다랑어를 찾아서는 줄 다발을 피해 그것을 자기 쪽으로 끌었다. 그는 다시 왼쪽 어깨로 줄을 유지하고, 왼손과 팔로 버티면서, 갈고리 고리에서 다랑어를 빼내고는 갈고리는 원위치로 되돌려 놓았다. 그는 한쪽 무릎으로 물고기를 누르고 검붉은 몸을 머리 뒤쪽부터 꼬리까지 세로로 잘랐다. 쐐기 모양의 조각들로 등뼈 가까이로부터 배 끄트머리까지 자른 것이다. 그는 그것들을 여섯 토막 내 이물 밖 판자 위에 펼쳤고, 바지에 칼을 닦고는 남은 가다랑어 잔해의 꼬리를 들어 배 밖으로 던져 버렸다. "통째로 하나를 먹을 수는 없을 것 같은데." 그는 말하고 칼을 꺼내 토막 가운데 하나를 갈랐다. 그는 여전히 팽팽히 당겨지는 낚싯줄을 느낄 수 있었고 왼손에 쥐가 났다.

묵직한 밧줄 위에서 뻣뻣하게 굳어 있는 그것을 바라보며 그는 넌더리를 냈다.

"무슨 놈의 손이 이렇담." 그는 말했다. "원한다면 쥐가 나 봐, 매 발톱처럼 오그라들어 보라고. 네게도 좋을 게 없을 테니."

해보라지, 하고 그는 생각했고 비스듬한 낚싯줄이 잠겨 있는 어두운 물속을 내려다보았다. 이제 먹자, 손에 힘을 실어 줄 거야. 손 잘못이 아니라 네가 긴 시간 물고기를 끌어와서 그런 거지. 하지만 영원히 녀석과 함께 머물러 있어야 할 수도 있어. 자, 가다랑어를 먹자.

그는 한 조각을 집어 들었고 그것을 입속에 넣고는 천천히 씹었다. 불쾌하지는 않았다.

제대로 씹어야겠지, 그래서 모든 액을 먹어야만 한다, 하고 그는 생각했다. 라임이나 레몬, 소금과 함께 먹지 않아도 먹을 만하군.

"손아, 좀 어떠니?" 그는 사후경직처럼 뻣뻣하게 쥐가 난 손에게 물었다. "너를 위해서 좀더 먹어야만 하겠구나."

그는 잘라 두었던 다른 한 조각을 먹었다. 그것을 주의 깊게 씹고 나서는 껍질을 뱉어 냈다.

"손아, 어찌 돼 가니? 아니 그걸 알기엔 역시 좀 이른가?"

그는 또 다른 온전한 조각을 집어서 씹었다.

"이건 단단하고 피가 많은 물고기지." 그는 생각했다. "내가 만새기 대신 이놈을 잡은 건 행운이야. 만새기는 너무 물러. 이건 전혀 무르지 않을 뿐만 아니라 모든 강점을 그대로 지니고 있지."

그렇지만 유용하지 않으면 그런 것은 다 의미가 없는 거야, 하고 그는 생각했다. 내게 소금이 조금 있었으면 좋았을 텐데. 더구나 남겨 두면 햇볕으로 인해 썩게 될지 아니면 건조될지 알 수 없으니, 배는 고프지 않지만 먹어 두는 게 좋겠지. 물고기는 침착하리만큼 한결같아. 이것을 전부 먹고 나면 나도 준비가 될 테지.

"참으렴, 손아." 그는 말했다. "나는 너를 위해 이러는 거야."

고기에게도 먹을 걸 줄 수 있으면 좋으련만. 그는 생각했다. 그는 내 형제지. 그렇지만 나는 그를 반드시 죽여야 하고 그러기 위해서는 힘을 유지해야만 해. 마음을 다해 천천히 그는 쐐기 모양의 물고기 토막들을 전부 먹어 치웠다.

그는 바지에 손을 닦는 것으로 마무리했다. "자, 이제 줄을 놔 줘도 된다, 손아." 그는 말했다. "네가 그 터무니없는 짓을 멈출 때까지, 오른손 혼자 다룰 테니까." 그는 왼발을 왼손이 잡고 있었던 묵직한 밧줄 위에 올리고 뒤편의 끌어당김에 대항해 등을 굽혔다.

"하나님 쥐가 풀리도록 저를 도우소서." 그는 말했다. "물고기가 어찌 하려는지 알 수 없어서입니다."

그렇지만 녀석은 침착해 보인다, 더욱이 자신의 계획을 따르고 있는 중이다, 하고 그는 생각했다. 녀석의 계획이 뭘까, 그는 생각했다. 그러면 내 계획은 뭐지? 내 계획은 녀석의 엄청난 몸집으로 인해 그때그때 상황에 따라 이루어져야만 해. 만약 녀석이 뛰어오른다면 나는 녀석을 죽일 수 있을 거야. 그런데 녀석이 영원히 아래 머물고 있어. 그러면 나는 녀석과 함께 영원히 머물러야 하나.

그는 쥐가 났던 손을 자신의 바지에 비비며 손가락들을 풀기 위해 애썼다. 그러나 그것은 풀리지 않았다. 어쩌면 해와 함께 풀릴 테지, 하고 그는 생각했다. 어쩌면 단단한 날다랑어가 소화되어야 풀릴지도 모르고. 만약 내가 꼭 그래야만 한다면, 풀 수 있을 거야, 그만큼의 비용을 치르고서라도 말이야. 하지만 나는 당장 힘으로 푸는 것을 원치 않아. 스스로 풀고

스스로 제대로 돌아오게 해야 해. 어쨌든 나는 여러 줄들을 풀고 끄를 필요가 있었던 그 밤에 너무 학대했던 거야.

그는 바다를 가로질러 바라보았고 자신이 지금 얼마나 외로운지 깨달았다. 그렇지만 그는 어둡고 깊은 물속의 프리즘과 앞쪽으로 뻗어 있는 낚싯줄과 평온한 가운데 이상한 파도 모양을 볼 수 있었다. 구름은 이제 무역풍으로 높아졌고 그는 앞쪽을 바라보았는데 물 위의 하늘을 배경으로 자신들을 아로새겼다가 흐릿해졌다가, 다시 아로새기고 있는 야생오리들의 비행이 보였고 그는 바다 위에서는 누구도 혼자였던 적이 없었다는 것을 깨달았다.

그는 어떤 사람들이 작은 조각배 안에서 육지가 보이지 않는 것을 얼마나 두려워했을지에 대해 생각했고 갑자기 날씨가 나빠지는 몇 달 동안은 그들이 옳았다는 것을 깨달았다. 그러나 지금은 태풍이 있는 달이었고, 태풍이 없는 때라면, 태풍 있는 달의 날씨는 일 년 중 최고인 것이다.

만약 태풍이 있다면 사람들은 언제나 며칠 앞서 하늘의 징조를 알아본다, 바다에 나와 있다면 말이다. 그들이 그것을 해안에서는 알아보지 못하는 것은 찾는 게 무엇인지 깨닫지 못하기 때문이다, 하고 그는 생각했다. 육지에서 또한 구름의 모양은 다르지 않을 게 틀림없다. 그렇지만 지금 태풍은 오고 있지 않다.

그는 하늘을 바라보았고 친근한 아이스크림 조각처럼 쌓인 하얀 뭉게구름을 보았고, 더 위에는 높은 구월의 하늘을 배경으로 얇은 깃털 구름이 떠 있었다.

"가벼운 브리사야," 그는 말했다. "너보다는 내게 더 좋은 날씨구나, 물고기야."

그의 왼손은 여전히 쥐가 나 있었지만, 그것은 천천히 풀려가고 있는 중이었다.

나는 쥐를 혐오해, 하고 그는 생각했다. 그건 자신의 몸에 대한 배반이야. 식중독으로 다른 이들보다 먼저 설사가 나거나 토하는 일도 창피한 일이지만, 쥐—그는 이것을 칼람브레로 생각했다—는 특히 혼자 있을 때 자신에게 창피한 일이지. 만약 그 애가 여기에 있었다면 나를 위해 이것을 문질러서 팔뚝부터 완화시켜 주었을 텐데, 하고 그는 생각했다. 그렇지만 느슨해지겠지.

그때, 그의 오른손이 낚싯줄의 당김이 달라진 것을 느꼈고 직전에 그는 물속에서 경사면이 바뀐 것을 보았다. 그때, 그는 줄에 맞서 윗몸을 기울였고 왼손을 빠르고 세차게 허벅지에 대고 찰싹찰싹 때려 대면서 줄이 천천히 위쪽으로 기울어지는 것을 지켜보았다.

"녀석이 올라오고 있어." 그는 말했다. "어서 손아, 제발 어서."

낚싯줄은 느리지만 꾸준하게 올라왔고 대양의 표면이 배 앞쪽에서 불거지더니 물고기가 나타났다. 면면히 모습을 드러낸 그것의 양옆에서 물이 마구 쏟아졌다. 그는 햇볕을 받아 밝게 빛났고 머리와 등은 짙은 자줏빛이었으며 햇볕을 받은 그의 양옆 줄무늬는 넓고 밝은 연보랏빛을 띠었다. 녀석의 주둥이는 야구 배트처럼 길었고 양날 칼처럼 가늘었는데, 물에서 몸 전체를 들어 올렸다가는 다이버처럼 부드럽게 다시 들어갔고, 노인은 거대한 낫 같은 그것의 꼬리가 아래로 들어가는 것을 보았으며, 낚싯줄은 풀려 나가기 시작했다.

"배보다 2피트는 더 길군." 노인이 말했다. 낚싯줄은 빠르면서도 꾸준하게 풀려 나갔고 물고기는 당황하지 않았다. 노인은 당길 수 있는 한계치 내에서 두 손으로 낚싯줄을 지키기 위해 애썼다. 만약 일정한 압박으로 그 물고기를 늦출 수 없다면 물고기는 모든 낚싯줄을 끌고 가서는 그것을 끝장냈을 거라는 것을 알고 있었기 때문이었다.

녀석은 굉장한 물고기니 납득시켜야만 한다, 하고 그는 생각했다. 만약 녀석이 달아나고자 마음만 먹으면 그럴 수도 있다는 것과 그 자신의 힘을 알게 해서는 절대 안 되는 것이다. 만약 내가 녀석이라면 당장 모든 힘을 다해 뭔가 끝장날 때까지 달아났을 테다. 그러나, 감사하게도, 그들은 자신들을 죽이는 우리처럼 영리하지 않다. 비록 그들이 더 고결하고 훌륭하다 할지라도 말이다.

노인은 굉장한 물고기를 많이 보아 왔다. 천 파운드가 더 나가는 것들도 많이 봐 왔고 살면서 그 크기의 고기를 두 마리 잡아 보기도 했다. 하지만, 결코 혼자 한 건 아니었다. 지금은 혼자로, 육지도 보이지 않는 상황에서, 지금껏 봐 오고, 지금껏 들어 본 중에 가장 큰 물고기에 단단히 매달려 있는 중이었는데, 그의 왼손은 여전히 오그라진 독수리의 발톱처럼 빽빽한 상태였다.

그래도 쥐는 풀리겠지, 하고 그는 생각했다. 분명히 쥐는 풀려서 내 오른손을 도울 게야. 형제나 마찬가지인 세 가지가 있다면, 물고기와 두 손이지. 틀림없이 쥐는 풀릴 게야. 쥐가 난 상태로는 부당한 거니까. 물고기는 다시 늦어졌고, 평소 속도로 나아가고 있었다.

녀석이 뛰어오른 이유가 궁금하군, 하고 노인은 생각했다. 녀석은 마치 자신이 얼마나 큰지를 내게 보여 주기 위해서인 것처럼 뛰어올랐어. 어찌 되었건, 이제 알겠군, 하고 그는 생각했다. 녀석에게 나라는 사람이 어떤 종류의 사람인지 보여 주었으면 좋겠군. 하지만 그때 녀석은 쥐가 난 내 손을 보게 될 테지. 녀석에게 지금의 나보다 더 나은 사내로 생각하게 해야 해, 실제 그렇게 될 테고. 내가 물고기였으면 좋겠군, 하고 그는 생각했다. 단지 의지와 정보뿐인 내게 녀석은 모든 것을 가지고 맞서고 있으니.

그는 갑판에 기대 안정적으로 자리를 잡고 엄습해 오는 고통을 받아들였고 물고기는 꾸준히 헤엄쳤으며 배는 어두운 물을 천천히 가로질러 이동했다. 동쪽으로부터 불어오는 바람에 작은 파도가 일렁였고 정오 들어 노인의 왼손은 쥐가 풀렸다.

"네겐 나쁜 소식이구나, 물고기야." 그는 말하곤 양어깨를 덮고 있던 마대자루 위의 낚싯줄을 옮겼다.

그는 편안했지만 고통스러웠는데, 그럼에도 그는 결코 그 고통을 인정하지 않았다.

"나는 신앙심이 깊지는 않습니다." 하고 노인은 말했다. "하지만 내가 이 물고기를 잡을 수만 있다면, 주기도문과 성모송을 열 번씩 외겠으며, 만약 그를 잡게 된다면, 코브레의 성모지를 성지순례할 것을 약속드립니다. 즉 서약하겠습니다."

그는 무의식적으로 기도문을 암송하기 시작했다. 가끔 그는 너무 피곤해서 기도문을 기억할 수 없기도 했는데 그러면 그는 그것들을 자동적으로 떠올리며 빠르게 암송하곤 했다. 성모송은 주기도문보다 암송하기가 쉽지, 하고 그는 생각했다.

"은총이 충만하신 마리아시여, 주 하나님께서 그대와 함께 하나이다. 여인 중에 복되시고 또한 당신 태중의 자손, 주 예

수 그리스도가 복되나이다. 성스러운 마리아, 주님의 어머니시여, 저희 죄인들을 위해, 지금, 뿐만 아니라 저희들 죽음의 시간에도 기도해 주소서. 아멘." 그런 다음 그는 덧붙였다. "복되신 성모님, 이 물고기의 죽음을 위해 기도해 주십시오. 비록 그가 훌륭하다 해도 말입니다."

기도문 암송으로, 훨씬 기분이 좋아졌음에도 불구하고, 정확히 그만큼 고통스러웠으며, 어쩌면 조금 더 심해져서, 그는 무의식적으로 이물의 갑판에 기대어, 왼손 손가락을 움직였다.

태양은 이제 산들바람이 부드럽게 불어왔음에도 불구하고 뜨거웠다.

"고물 너머 던져 둔 작은 낚싯줄에 미끼를 갈아 끼우는 게 좋겠어." 그는 말했다. "만약 물고기가 다음 날 밤도 머물 작정이라면 나는 다시 먹을 게 필요할 테고 물은 병에 조금밖에 남아 있지 않으니. 여기서는 만새기 말고는 어떤 것도 잡을 수 있을 것 같지 않군. 그렇지만 만약 그것을 충분히 신선한 채로 먹는다면 나쁘지만은 않을 거야. 오늘 밤 뱃전으로 날치가 오면 좋을 텐데. 하지만 그것들을 유인할 불을 가지고 있지 않군. 날치는 생으로 먹기에 완벽하고 그것을 토막 낼 필요도 없지. 나는 이제 내 모든 힘을 비축해 두어야 한다. 주님, 저는 그가 저렇게 크리라는 것을 알지 못했나이다."

"그럼에도 저는 그를 죽일 것입니다." 그는 말했다. "신의 위대함과 영광 가운데서."

비록 그것이 부당할지라도 말입니다, 하고 그는 생각했다. 왜냐하면 나는 그에게 인간이 할 수 있는 것과 인간이 인내한다는 것을 보여 줄 참이니까요.

"나는 그 애에게 내가 이상한 늙은이라고 말했지." 그는 말했다.

"지금이 그것을 입증해야만 할 때인 거야."

그가 입증했던 수천 번은 아무 의미가 없는 것이었다. 지금 그는 그것을 다시 입증하고 있는 중이었다. 매번 새로운 시간이었으며 결코 자신이 그것을 행했던 과거에 관해서는 생각하지 않았다. 녀석이 잠들었으면 좋겠군, 그러면 나도 사자 꿈을 꾸면서 잠들 수 있을 텐데, 하고 그는 생각했다. 왜 사자가 가장 중요하게 남아 있는 걸까? 생각하지 말게, 늙은이, 그는 스스로에게 말했다. 지금은 갑판에 기대 조용히 쉬면서 아무 생각도 않는 거야. 녀석은 일하고 있는 중이야. 자넨 가능한 한 조금만 일하면 되는 거고.

오후로 접어들고 있었고 배는 여전히 느리지만 꾸준하게 움직였다. 그러나 동쪽의 산들바람으로 이제 항력이 더해졌고 노인이 작은 파도를 부드럽게 타면서 등에 가로질러진 줄의 아픔은 한결 원활하고 부드러워졌다.

오후 한때 낚싯줄이 다시 올라오기 시작했다. 그러나 물고기는 단지 조금 높은 곳에서 수영을 계속했다. 태양은 노인의 왼쪽 팔과 어깨 그리고 등 위에 있었다. 따라서 그는 물고기가 북동쪽으로 돌았다는 것을 알고 있었다.

이제 그는 한 번 그것을 본 적이 있어서, 물고기가 물속에서 자줏빛 가슴지느러미를 날개처럼 활짝 펼치고 크고 똑바로 선 꼬리로 어둠 속을 헤치며 헤엄치고 있는 것을 그려 볼 수 있었다. 그 깊이에서 그는 얼마나 많은 것을 보는 건지 궁금하군, 노인은 생각했다. 그의 눈은 거대하지만 말은, 훨씬 작은 눈임에도 불구하고, 어둠 속에서 볼 수 있지. 한때 나도 어둠 속에서도 꽤 잘 봤었지. 물론 절대적인 어둠 속은 아니지만, 거의 고양이처럼 보았었지.

햇볕과 손가락의 한결같은 움직임은 이제 완벽하게 왼손에 났던 쥐를 풀리게 했고, 그는 줄의 당김을 그 손에 좀더 옮겨두기 시작했으며 줄이 주는 아픔을 조금이라도 없애기 위해 등 근육을 움직였다.

"만약 네가 지치지 않았다면, 물고기야." 그는 소리 내어 말했다. "너도 틀림없이 매우 이상한 게다."

그는 지금 매우 피곤함을 느꼈고 곧 밤이 오리라는 것을 알고 있었기에 다른 것들을 생각하기 위해 애썼다. 그는 메이저리그—그에게는 그란 리가스였다—를 생각했는데, 뉴욕 양키스와 디트로이트 타이거스가 경기를 하고 있는 중이라는 것을 알고 있었다.

이제 이틀째로군, 내가 경기 결과를 모르는 것도, 하고 그는 생각했다. 그렇지만 나는 확신을 가져야 하고 심지어 발뒤꿈치 뼈 돌기의 고통에도 모든 것을 완벽히 해내는 위대한 디마지오 선수에 버금가야만 하는 거야. 뼈 돌기가 뭘까? 그는 스스로에게 물었다. '운 에스푸엘라 데 우에소.' 우리는 그런 것을 앓지 않아. 싸움닭 발뒤꿈치의 박차처럼 고통스러운 걸까? 나는 그것을 견딜 수 있을 거라고는 생각하지 않아. 한 눈을, 다시 두 눈을 모두 잃고도 싸우는 싸움닭처럼 싸움을 계속할 수 있으리라고는. 인간은 위대한 새들이나 짐승들에 비교해서 많지도 않아. 그럼에도 나는 차라리 저 바다 어둠 속 아래 있는 짐승이 되어 보고 싶군.

"상어가 나타나지 않는 한……." 그는 소리 내어 말했다. "만약 상어가 나타난다면, 하나님께서는 그와 저를 불쌍히 여기소서."

당신은 위대한 디마지오 선수가 물고기에 열중할 거라고 믿습니까? 제가 이 일에 열중하는 것처럼 오래 말입니다. 그는 생각했다. 나는 그러리라고 오히려 더하리라고 확신합니다. 왜냐하면 그는 젊고 강하니까요. 또한 그의 아버지는 어부였으니까요. 그렇지만 뼈 돌기가 그를 너무 고통스럽게 하지는 않을는지요?

"모르겠소이다." 그는 소리 내어 말했다. "나는 결코 뼈 돌기를 앓아 본 적이 없으니 말이오."

해가 짐에 따라 그는 자신에게 좀더 자신감을 주기 위해, 카사블랑카 선술집에서의 시간을 떠올렸다. 그가 선창가에서 가장 강했던 시엔푸에고스 출신의 거대한 흑인과 팔씨름을 했었던 그 시간을. 그들은 하루 낮과 밤을 테이블 위의 초크 라인에 팔꿈치를 대고 팔뚝을 세우고 손을 단단히 잡은 채 보냈다. 서로는 상대의 손을 탁자 위로 눕히기 위해 애썼다. 거기에는 많은 내기가 있었고 사람들은 등유로 불 밝힌 그 방을 드나들었으며, 그는 흑인의 손과 팔과 얼굴을 바라보았다. 그들은 첫 여덟 시간이 지나고 나서부터 심판들이 잠을 잘 수 있도록 하기 위해 심판을 네 시간마다 바꾸었다. 피가 그와 흑인 손 둘 다의 손톱 밑에서 흘러나왔고 그들은 서로의 눈과 손과 팔뚝을 바라보았으며 내기꾼들은 그 방을 드나들거나 벽을 면한 높은 의자에 앉아 지켜보고 있었다. 벽은 밝은 청색으로 칠해져 있었는데 나무로 되어 있었고 램프 불빛이 그것 뒤에 그들의 그림자를 드리우고 있었다. 흑인의 그림자는 거대했고 그것은 산들바람에 램프 불빛이 흔들릴 때마다 벽 위에서 움직였다.

형세는 밤새 엎치락뒤치락 바뀌었는데 사람들은 흑인에게

럼주를 먹였고 담뱃불을 붙여 주었다. 그때 흑인은, 럼주를 마신 후, 무서운 기세로 달려들었고 한때 노인을—그때는 노인이 아니라 챔피언 산티아고였다—거의 3인치쯤 기울게 만들었다. 그렇지만 노인은 다시 그의 손을 완전히 대등하게 일으켜 세웠다. 그는 그때 확신했다. 더할 나위 없이 훌륭한 경쟁자인, 흑인을 이겼다는 것을. 마침내 동틀녘에 내기꾼들이 무승부로 하자고 요청하고 심판이 고개를 흔드는 중에, 그는 진력을 다해 흑인의 손을 차츰 아래로 그것이 나무 바닥에 눕혀질 때까지 밀어붙였다. 그 시합은 일요일 아침 시작해서 월요일 아침 끝났다. 많은 내기꾼들이 무승부를 요청했던 것은, 사람들이 항구로 나가 설탕 포대를 배에 싣거나 아바나 석탄회사로 일하러 가야만 했기 때문이다. 그렇지 않았다면 모든 이들이 끝이 날 때까지 시합을 하길 원했을 것이다. 하지만 그는 어쨌든 끝냈다, 더군다나 누구라도 일하러 나가야만 하기 전까지.

그 후 오랫동안 모든 사람들은 그를 챔피언이라고 불렀고 재대결은 봄에 있었다. 그렇지만 내기에는 많은 돈이 걸리지 않았고 그는 앞서의 시합에서 시엔푸에고스 출신인 흑인의 자신감을 꺾어 놓은 상태였으므로 꽤나 쉽게 승리했다. 그 후 그는 몇 번의 시합을 하고는 더 이상 하지 않았다. 그는 만약 자신이 절실하게 원하기만 하면 누구라도 이길 수 있다는 것과 고기를 잡는 오른손에 좋지 않겠다고 판단했던 것이다. 그는 왼손으로 몇 번의 연습 게임을 시도했었다. 그러나 그의 왼손은 항상 배반자였고 그가 요청하는 것을 행하려 하지 않았으므로 그는 그것을 신뢰하지 않았다.

햇볕이 굳어 있는 이걸 이제 잘 풀어 주겠지, 하고 그는 생각했다. 다시 내게 쥐가 나지는 않을 거야, 밤에 너무 추워지지만 않는다면 말야. 오늘 밤 무슨 일이 벌어질지 궁금하군.

비행기 한 대가 머리 위에서 마이애미 방향으로 지났고 그는 그것의 영향으로 날치 떼가 몰려가는 것을 지켜보았다.

"저렇게 많은 날치라면 만새기가 있겠군." 하고 그는 말하곤, 물고기가 끌어당겨지는지 어떤지를 알아보기 위해 등 위의 줄을 당겨 보았다. 그러나 그는 당길 수 없었고 그것은 그 경도로 부서지기 직전의 떨리는 물방울을 머금은 채 유지되고 있었다. 배는 천천히 앞으로 나아갔고 그는 그것이 더 이상 보이지 않을 때까지 비행기를 지켜보았다.

비행기 안에서는 매우 이상할 거야, 하고 그는 생각했다. 저 높이에서 바다는 어떻게 보일까? 만약 너무 높이 날지만 않는다면 그들은 물고기를 제대로 볼 수 있겠지. 200패덤 높이쯤에서 매우 천천히 날면서 위에서 물고기를 바라보았으면 좋겠군. 거북잡이 배에서는 돛대의 가름대에 올라가 보았는데, 심지어 그 높이에서도 더 많은 것을 볼 수 있었지. 만새기는 거기서 더 푸르게 보여서 그들의 줄무늬와 자줏빛 반점까지 볼 수 있고 그들이 떼로 헤엄치는 것도 볼 수 있지. 왜 어두운 해류를 빠르게 헤쳐 가는 물고기는 전부 자줏빛 등과 대개 자줏빛 줄무늬나 반점을 가지고 있는 걸까? 만새기는 물론 녹색으로 보이지, 실제 금색이니. 하지만 그가 먹이감에게로 갈 때는, 정말 굶주려서, 청새치처럼 옆구리에 자주색 줄무늬가 나타나지. 그것은 화가 나서일까, 아니면 높은 속도가 그에게 그것을 드러나게 만드는 걸까?

막 어두워지기 직전, 그들이 거대한 멕시코만 해초의 섬을 지나고 있을 때, 그것은 마치 대양이 노란 담요 밑에서 무언가와 사랑을 나누고 있는 것처럼 밝은 바다에서 들썩거리며 흔들리고 있었다. 그의 작은 낚싯줄에 만새기가 걸렸다. 그는 그것이 공중으로 뛰어올랐을 때 처음 보았는데, 태양의 마지막 빛을 받아 진짜 황금 같았고 공중에서 걷잡을 수 없이 휘어져 퍼덕이고 있었다. 그것은 공포에 절어 곡예하듯 몇 번이고 뛰어올랐고, 그는 선미 뒤쪽으로 끌고 나아가 몸을 웅크린 상태에서 오른손과 팔로 큰 낚싯줄을 잡은 채, 왼손으로 만새기를 끌어당겼는데, 매번 당겨졌던 낚싯줄은 맨발인 왼발로 밟고 있는 채였다. 물고기가 고물 쪽에서, 필사적으로 줄을 끊으려고 마구 요동칠 때, 노인은 고물 너머로 몸을 기울여 꼬리 위로 자줏빛 반점이 있는 광택 나는 황금빛 물고기를 들어 올렸다. 그것의 아래턱은 낚싯바늘을 잽싸게 물어 끊기 위해 발작적으로 움직였고 길고 납작한 몸과, 꼬리와 머리는 노인이 황금빛으로 빛나는 머리를 직방으로 곤봉질해 마침내 몸부림치며 조용해질 때까지 배 밑바닥을 마구 두드려 댔다.

노인은 고기를 바늘에서 빼내고는, 다른 정어리를 낚시에 미끼로 꿰어서는 그것을 다시 던졌다. 그러고는 천천히 힘겹게 뱃머리로 되돌아갔다. 그는 왼손을 씻고는 바지 위에 닦았다. 그러고 나서 무거운 낚싯줄을 오른손으로부터 왼편으로 옮기고 바닷물 속에 오른손을 씻는 동안 태양이 대양 속으로 들어가는 것과 두꺼운 줄이 기우는 것을 지켜보았다.

"그는 조금도 바뀌지 않았군." 그가 말했다. 그러나 손으로 물의 움직임을 살피면서 그것이 눈에 띄게 느려진 것에 주목했다.

"고물에 두 개의 노를 함께 가로질러 묶어 두어야겠어. 그러면 밤새 그를 늦출 수 있을 테지." 그는 말했다. "그도 밤에 좋고 나 역시 그럴 테니."

만새기의 내장을 바르는 일은 살 속에 피가 배이도록 조금 있다 하는 게 좋겠어, 하고 그는 생각했다. 조금 있다 하기로 하고 그 시간에 저항력을 위해 노를 묶어 두는 일도 할 수 있을 게야. 이제 물고기를 조용히 두면서 일몰에 너무 많이 자극하지 않도록 하는 게 좋겠어. 해가 지는 것은 모든 물고기에게 힘겨운 시간이지.

그는 공기 중에 손이 마르도록 하고 나서 그것으로 낚싯줄을 쥐고는, 그가 할 수 있는 최대한도로 편안히 뱃전에 기대 배가 그만큼, 또는 그보다 좀더, 자신이 했던 것보다 가중을 받도록 해서 앞으로 끌려가도록 맡겨 두었다.

나는 어떻게 해야 할지를 익혀 가고 있는 중이야, 하고 그는 생각했다. 이 부분에 관해서는 어쨌든 말이야. 그리고, 기억하자, 녀석은 미끼를 문 이후부터 먹은 게 없다는 것과 엄청난 크기만큼 많은 먹을 것이 필요하다는 것을. 나는 가다랑어 한 마리를 통째로 먹었다. 내일은 만새기를 먹게 될 테고. 그는 그것을 '도라도'라고 불렀다. 아마 나는 그것을 다듬으면서도 얼마간 먹어 둬야 할 테다. 가다랑어보다 먹기 힘들 테다. 하지만, 어디 쉬운 일이 하나라도 있던가.

"기분은 어떠냐, 물고기야?" 그는 큰 소리로 물었다. "나는 기분이 좋고 왼손도 나아졌거니와 하루 밤낮 동안의 먹을 걸 가지고 있단다. 배를 당기렴, 물고기야."

그는 정말 기분이 좋은 것은 아니었다. 그의 등을 가로지르는 줄로부터의 고통은 거의 고통의 단계를 지나 그가 불신하는 무감각한 상태에 들어서 있었기 때문이다. 그렇지만 이보다 더 나빴던 적도 있었지, 하고 그는 생각했다. 내 손은 단지 조금 베인 정도이고 쥐는 다른 곳으로 사라졌어. 다리는 이상이 없어. 또한 이제 나는 식량 문제에서 그에게 앞서 있는 게 야.

구월이면 일몰 후에 빠르게 어둠이 내렸으므로 이제 어두워졌다. 그는 뱃머리의 낡은 판자에 누워 할 수 있는 한 최선의 휴식을 취했다. 첫 별들이 나왔다. 그는 리겔이라는 이름은 알지 못했지만 그것을 알아보았고 그것들이 곧 전부 나오리라는 것을 알고 있었다. 더불어 그는 먼 곳의 친구들 모두를 갖게 되는 셈이었다.

"물고기 또한 친구지." 그는 소리 내어 말했다. "나는 저 같은 물고기에 대해 지금껏 보고 들은 바가 없어. 하지만 나는 그를 죽여야만 해. 별들을 죽이려 애써야만 하지 않아도 되니 기쁘군."

만약 매일매일 사람이 달을 죽이려 애써야만 한다고 상상해 보라구, 하고 그는 생각했다. 달은 달아나겠지. 아니 사람이 매일매일 태양을 죽이려 애써야 한다고 상상해 보면? 우린 운 좋게 태어난 거야, 하고 그는 생각했다.

그러고 나서 아무것도 먹지 못하고 있는 거대한 물고기에게 미안해졌음에도 그를 죽이려는 결심은 그를 향한 애도 속에서도 결코 느슨해지지 않았다. 얼마나 많은 사람들이 그를 먹게 될까, 하고 그는 생각했다. 그런데 사람들이 그를 먹을 자격이 있을까? 없지, 물론 없어. 그의 위대한 기품과 훌륭한 행위로 보자면 그를 먹을 자격이 있는 사람은 없는 게야.

나는 이런 것들을 이해할 수 없어, 하고 그는 생각했다. 하지만 다행이야, 우리가 태양이나 달, 별들을 죽이려 애써야만 하지 않아서. 바다에서 살아가며 우리의 진정한 형제들을 죽이는 것으로 충분한 거야.

이제, 나는 저항력에 대해 생각해야만 해, 하고 그는 생각했다. 그것에는 그 자체의 위험과 장점이 있지. 만약 그가 전력을 다하고 노에 의해 만들어진 제동력이 가동해 배가 민첩함을 전부 잃는다면, 나는 그를 잃을 정도인, 그만큼의 줄을 잃어야 할지도 몰라. 배의 민첩함은 우리 둘 다의 고통을 연장시키겠지, 그렇지만 그것은 그가 아직까지 결코 시도해 본 적이 없는 엄청난 스피드를 가지고 있을 수 있으니 내 안전장치인 셈이기도 한 거야. 비록 어떻게 진행된다 하더라도 나는 반드시 힘을 얻기 위해서 만새기의 내장을 발라내고 녀석이 상하기 전에 얼마간 먹어야만 하는 거야.

이제 나는 한 시간쯤 더 쉬고 그가 여전히 변함이 없는지 살펴보고 나서 고물로 옮겨 가 일을 하고 결정을 내려야겠어. 그동안에 그가 어떻게 행동하는지와 어떤 변화를 보이는지를 알 수 있을 게야. 노들을 묶어 두는 것은 훌륭한 계책이지. 하지만 그건 안전을 위해 써야 할 시간에 이르러서 할 일이다. 그가 거대한 물고기임에도 불구하고 바늘이 입 한 귀퉁이에 박혀 있어서 그 입을 단단히 다문 채 있는 것을 보았다. 바늘의 형벌은 아무것도 아니야. 굶주림의 형벌과 자신도 알 수 없는 어떤 것과 맞서고 있다는 사실이, 무엇보다 중요할 테지. 이제 쉬게나, 늙은이, 자네 임무가 닥칠 때까지 그는 일하도록 하면서 말일세.

노인은 자신이 생각하기에 두 시간쯤을 쉬었다. 달은 늦은 지금까지 떠오르지 않았고 그는 시간을 예측할 방법이 없었다. 말하자면 그랬다는 것이지 그는 실제로 쉰 것이 아니었다. 그는 여전히 어깨를 가로지르는 물고기의 당김을 견뎌 내고 있었지만 왼손을 뱃머리의 뱃전 위에 올려두고 갈수록 더해 가는 물고기의 저항을 배 자체에 위탁하고 있었다.

만약 내가 낚싯줄을 꽉 매둘 수 있다면 얼마나 간단할까, 하고 그는 생각했다. 그렇지만 한 번의 작은 요동으로도 녀석은 그것을 끝장낼 수 있을 테다. 나는 내 몸으로 줄의 당김의 충격을 완화시키고 언제든 두 손으로 줄을 내줄 준비를 하고 있어야만 하는 것이다.

"하지만 자넨 아직 잠을 자지 못했잖나, 늙은이." 그는 소리 내어 말했다. "하룻밤과 한나절 그리고 이제 또 하루까지 자넨 잠을 자지 못했어. 만약 그가 조용하고 한결같다면, 자넨 조금이라도 잘 방법을 궁리해야만 하네. 만약 잠을 자지 못하면 머리가 맑지 않게 될 테니 말일세."

나는 충분히 머리가 맑아, 그는 생각했다. 너무 맑아. 네 형제들인 별처럼 맑지. 그럼에도 잠을 자긴 자야만 한다. 그들도 잠을 자고 달과 태양도 자고 심지어 대양도 때때로 해류가 없고 바람이 잠들어 고요한 어떤 날은 잠을 자지.

단지 자야 하는 건 잊지 말자, 하고 그는 생각했다. 네 자신이 그럴 수 있도록 만들고 낚싯줄에 대한 단순하면서 확실한 방법을 궁리해야만 해. 이제 뒤로 가서 만새기를 손보자. 만약 잠을 자야만 한다면 제동장치로서 노를 묶어 두는 건 너무 위험한 짓이야.

나는 자지 않고 계속할 수 있을 거야, 그는 자신에게 말했다. 그렇지만 그건 너무 위험할 수 있어.

그는 손과 무릎으로 고물로 기어가기 시작했다. 맞서 있는 물고기에게 갑자기 자극을 주지 않기 위해 주의하면서. 아마 녀석 역시 반쯤 자고 있을 테지, 하고 그는 생각했다. 하지만 나는 녀석이 쉬는 걸 원치 않아. 녀석은 죽기 전까지 줄을 당겨야만 하는 거야.

고물로 되돌아간 그는 왼손은 어깨를 가로지르는 팽팽한 줄을 잡고, 오른손으로 칼집에서 칼을 뽑기 위해 몸을 돌렸다. 별들은 이제 밝아서 그는 만새기를 또렷하게 보았고 그것의 머리에 칼날을 밀어 넣어서는 고물 아래로부터 끌어냈다. 그는 한 발로 물고기를 밟고는 항문에서 아래턱 끄트머리까지 빠르게 갈랐다. 그러고 나서 칼을 내려놓고 오른손으로 내장을 제거했는데, 그것의 속을 깨끗이 파내고 아가미를 완전히 떼어 냈다.

그는 손안에서 묵직하면서 미끈거리는 밥통을 느꼈고 그것을 째서 열었다. 안에 날치 두 마리가 들어 있었다. 그것들은 신선하고 단단했다. 그는 그것들을 나란히 놓아두고는 내장과 아가미를 고물 너머로 던졌다. 그것들은 인광체의 꼬리를 남기며 물속으로 빠져 들어갔다. 만새기는 차가웠고 별빛 아래서 이제 나병자의 회백색을 띠고 있었다. 노인은 물고기의 머리에 오른발을 올려두고 잡고 있는 동안 그것의 한쪽 껍질을 벗겨 냈다. 그러고 나서 그것을 뒤집어서 다른 쪽 껍질을 벗겨 내고 머리 아래서 꼬리까지 각 면을 잘랐다.

그는 뼈만 남은 몸통을 뱃전으로 빠뜨리면서 물속에 어떤 소용돌이가 있는지 보기 위해 살폈다. 그러나 거기에는 단지 느리게 하강하는 그것의 빛뿐이었다. 그는 돌아서서 두 마리 날치를 고기의 저민 살 속에 놓고는 칼을 칼집 속에 꽂고, 천천히 뱃머리로 되돌아왔다. 그의 등은 가로지르고 있는 낚싯줄의 무게로 굽어졌고 오른손에는 물고기가 들려 있었다.

이물로 돌아온 그는 두 개의 물고기 살집과 그 옆에 날치를 놓아두었다. 그런 다음 어깨를 가로질러 있는 낚싯줄을 새로운 쪽에 놓고 뱃전 위에 올려두고 있던 왼손으로 다시 그것을 잡았다. 그러고 나서 옆쪽으로 기대 물속에 날치를 씻었고, 자신의 손을 거스르는 물의 속도에 주목했다. 그의 손은 물고기의 껍질을 벗기느라 인광이 묻어 있었다. 그는 그것에 부딪히는 물의 흐름을 지켜보았다. 유속은 덜 강했고 배의 판자에 한쪽 손을 문지르자, 인광체의 입자들이 떠올라 천천히 고물 쪽으로 떠갔다.

"그도 지쳐 있는 중이거나 쉬고 있는 모양이군." 노인이 말했다. "이제 이 만새기를 먹는 동안 나도 얼마간 쉬면서 잠을 좀 자두도록 하자."

별빛 아래 언제나 차가운 밤의 냉기 속에서 그는 만새기 살집 절반과 다듬고 머리를 잘라 낸 날치 한 마리를 먹었다.

"만새기는 요리를 해서 먹으면 정말 완벽한 고기지." 그는 말했다. "그런데 날것은 정말 보잘것없군. 소금이나 라임 없이 다시 배를 타는 일은 결코 없을 거야."

만약 내가 머리를 썼더라면 뱃전에 물을 뿌려서 하루 종일 말렸을 테고, 그것으로 소금을 만들 수 있었을 텐데, 하고 그는 생각했다. 하지만 당시는 거의 해 질 무렵까지 만새기를 낚지 못했기도 하지. 아무튼 준비가 부족했어. 어쨌거나 나는 이걸 전부 잘 씹어서 삼켰고 구역질도 하지 않았군.

하늘이 동쪽에서 잔뜩 흐려지더니 그가 알고 있는 별들이 차례차례 사라졌다. 이제 그것은 거대한 구름의 협곡으로 이동하는 것처럼 보였고 바람은 잦아졌다.

"삼사 일 내에 폭풍우가 오겠는데." 그는 말했다. "하지만 오늘 밤이나 내일은 아니야. 자, 이제 잠깐이라도 눈을 붙이게, 늙은이, 물고기가 한결같이 평온한 동안 말일세."

그는 낚싯줄을 오른손으로 단단히 잡고는 허벅지로 누른 채 자신의 모든 무게를 이물의 널빤지에 대고 의존했다. 그러고 나서 어깨 위의 줄을 조금 밑으로 내리고 왼손으로 떠받쳐 주었다.

왼손이 떠받치고 있는 한 오른손이 잡고 있을 수 있을 거야, 하고 그는 생각했다. 만약 내가 잠든 사이에 느슨해지면 줄이 풀려 나가면서 왼손이 나를 깨울 테지. 오른손에게는 힘든 일이지만, 그건 혹사에 익숙해 있어서 비록 내가 2, 30분 잔다 할지라도 괜찮을 거야. 그는 몸 전체를 줄에 대고 모든 그의 무게를 오른쪽 줄 위에 실으면서, 몸을 꺾어 앞으로 눕었다. 그리고 그는 잠이 들었다.

그는 사자들 대신에 8~10마일 뻗어 있는 엄청난 돌고래 떼 꿈을 꾸었다. 짝짓기 시간이었다. 그들은 공중으로 높이 뛰어올랐지만 자신들이 뛰어오를 때 만들어진 물속의 같은 구멍 속으로 되돌아오곤 했다.

그러고 나서 그는 마을의 자기 침대에 누워 있는 꿈을 꾸었다. 강한 북풍이 불고 있었고 매우 추웠으며, 오른팔이 마비

되어 있었다. 그의 머리가 베개 대신 그것을 괴고 있었기 때문이다.

그 후 그는 긴 황금빛 해변 꿈을 꾸기 시작했다. 어둑한 속에서 맨 앞의 사자와 뒤이은 다른 사자들이 내려오는 것을 보았고 저녁의 미풍과 함께 닻이 내려져 정박해 있는 배의 고물 널빤지 위에 턱을 괴고 더 많은 사자가 있는지 어떤지를 보기 위해 기다리면서 그는 행복했다.

달이 오랜 시간 떠 있었지만 그는 잠들어 있었고 물고기는 꾸준히 줄을 끌어당겼으며 배는 구름의 터널 속으로 움직였다.

갑자기 오른 주먹이 얼굴을 향해 휙 달려들면서 낚싯줄이 오른손을 태울 듯 빠져나가는 바람에 그는 잠에서 깨어났다. 왼손의 느낌은 없었지만 오른손으로 할 수 있는 최대한 제동을 걸었고 줄은 좌르륵 풀려 나갔다. 마침내 그의 왼손이 줄을 찾았고 그는 줄에 맞서 뒤로 기댔으며 이제 그것은 그의 등과 왼손을 태우는 듯했는데, 왼손이 모든 당김을 감당하고 있었기에 심하게 쓸려 나갔다. 그는 낚싯줄 다발을 돌아보았는데 그것들은 순조롭게 공급되고 있었다. 마침 그때 물고기가 대양에 거대한 파열을 일으키며 뛰어올랐다가는 무겁게 떨어졌다. 그러고는 되풀이해서 뛰어올랐고 줄이 여전히 풀려 나가고 있음에도 불구하고 배는 빠르게 나아갔다. 노인은 줄을 한계점까지 당겼다가 풀어 주고, 당겼다 풀어 주길 되풀이 했다. 그는 뱃머리 쪽으로 팽팽히 끌어당겨져서 얼굴이 만새기 살점 조각 안에 처박힌 채로 움직일 수 없었다.

기다렸던 게 바로 이거다, 하고 그는 생각했다. 그러니 이제 우리 그것을 받아들이자꾸나.

녀석에게 줄 값을 치르게 해야지, 하고 그는 생각했다. 녀석에게 줄 값을 치르게 해야 해.

그는 물고기가 튀어 오르는 것은 볼 수 없었지만 그래도 대양이 파열하는 것과 그것이 떨어질 때 내는 무겁게 물 튀는 소리는 들을 수 있었다. 줄의 속도는 그의 손을 심하게 쓸었지만 그는 이것이 언제든 일어날 수 있는 일이었다는 것을 알고 있었기에 못이 박인 부분은 가로질러 쓸리게 내버려 두면서, 줄이 손바닥 안쪽으로 빠져나가거나 손가락이 쓸리지 않도록 하기 위해 애썼다.

만약 그 애가 여기 있었다면 줄 다발을 적셔 주었을 텐데, 하고 그는 생각했다. 그래, 그 애가 여기 있었다면. 그 애가 여기 있었다면.

줄이 풀려 나가고, 풀려 나가고 풀려 나갔지만 이제 더디어졌고 그는 물고기가 그것을 인치별로 끌고 가도록 만들고 있었다. 이제 그는 갑판 위 자신의 뺨이 쑤셔 박혀 있던 고기 조각으로부터 고개를 들어 올렸다. 그러고 나서 무릎을 세우고는 발을 짚으며 천천히 일어섰다. 그는 줄을 내주었지만 가능한 한 천천히 시간을 끌었다. 그는 원래의 자리로 돌아가 눈으로 볼 수 없는 줄 다발을 발로 느껴 볼 수 있었다. 아직 충분한 줄이 있었고 이제 물고기는 물속으로 뻗어 있는 새로운 줄의 모든 마찰을 끌어당겨야만 하는 것이었다.

됐어, 그는 생각했다. 더군다나 이제 그는 열두 번도 더 뛰어올라 등의 부레가 공기로 채워졌기에 내가 끌어올릴 수 없는 곳까지 더 깊이 내려가 죽을 수는 없을 테다. 그는 곧 선회하기 시작할 테고 그때 나는 그를 잡아야만 한다. 무엇이 그를 그렇게 갑자기 날뛰게 한 것일까? 궁금하군. 그를 필사적으로 만든 것은 굶주림이었을까 아니면 어둠 속의 어떤 것에 의한 두려움이었을까? 어쩌면 그는 갑자기 두려움을 느꼈는지 모르지. 하지만 녀석은 그렇듯 평정심 있고, 강한 물고기여서 두려움 따윈 없을 거라 여겨졌고, 그렇게 자신만만했었는데. 이상한 일이군.

“자네나 두려워 말고 자신에게 확신을 주는 게 낫지 않겠나, 늙은이.” 그는 말했다. “다시 녀석을 잡고 있긴 하지만 줄을 얻을 수는 없었으니 말이지. 하지만 곧 그는 선회할 게야.”

노인은 이제 왼손과 어깨로 그를 다루면서 얼굴에 눌어붙어 있던 만새기 살점을 떼어 내려 몸을 기울여 오른손으로 물을 떠올렸다. 그것이 구역질을 일으켜 토하고 힘을 잃을까 봐

우려스러웠던 것이다. 얼굴을 씻고 난 그는 뱃전 너머 물속에 오른손을 씻었고, 그것을 소금물 속에 담가 둔 채 해가 뜨기 전 발하는 앞선 빛을 한동안 지켜보았다. 녀석은 거의 동쪽으로 향하고 있군, 그는 생각했다. 이건 녀석이 지쳐서 조류를 따라가고 있다는 의미이지. 녀석은 틀림없이 곧 선회할 거야. 그때 우리의 진정한 싸움은 시작될 테고.

그는 오른손을 충분히 오랫동안 물속에 담가 두었다고 판단한 후에 그것을 꺼내서는 바라보았다.

"나쁘지 않군." 그는 말했다. "사실 고통쯤이야 사내에게 문제도 아니지."

그는 낚싯줄에 쓸린 다른 곳의 살에 닿지 않도록 주의하면서 낚싯줄을 잡았고 왼손을 다른 쪽 배편의 바다에 집어넣기 위해 체중을 옮겼다.

"넌 쓸데없는 뭔가를 위해 그렇게 나쁘게 행동했던 것은 아닐 테지." 그는 자신의 왼손에게 말했다. "하지만 내가 너를 찾으려 하지 않았던 순간도 있었어."

왜 나는 양손 모두 좋게 갖고 태어나지 못했던 걸까? 그는 생각했다. 어쩌면 하나를 철저하게 훈련시키지 못한 내 잘못도 있을 테지. 하지만 그 역시 충분히 익힐 기회가 있었다는 것을 하나님은 아시지. 그가 밤에도 그리 나쁘게 행동한 건 아니었어, 비록, 쥐가 한 번 나긴 했더라도 말이야. 만약 그에게 다시 쥐가 난다면 낚싯줄이 그를 쓸도록 해야 하나.

그런 생각을 하면서 그는 머리가 맑지 않다는 것을 깨달았다. 그리고 만새기를 좀더 먹어야 하나 생각했다. 하지만 할 수 없어. 그는 자신에게 말했다. 구역질로 힘을 빼앗기느니 머리를 가볍게 하는 편이 낫겠어. 그리고 알잖아, 얼굴이 그 안에 처박혀 있었으니 만약 그걸 먹는다면 그냥 참고 있지 못할 거라는 걸 말야. 비상시를 위해 상하기 전까지 비축해 두지 뭐. 그런데 자양분을 통해 당장 힘을 얻기는 너무 늦어 버렸군. 멍청하긴, 그는 자신에게 말했다. 남은 날치를 먹게나.

그것은 거기에 깨끗하게 준비되어 있었고, 그는 왼손으로 그것을 집어 들고 조심스럽게 뼈째 씹어서 꼬리 밑에까지 몽땅 먹어 치웠다. 이건 어떤 물고기보다 자양분이 많아, 하고 그는 생각했다. 적어도 내가 필요한 만큼의 힘을 주지. 이제 내가 할 수 있는 건 다 한 셈이군, 그는 생각했다. 녀석이 선회를 시작하도록 하고 싸움에 임하도록 하자.

노인이 바다로 나온 이후 태양이 세 번째로 떠오르는 가운데 물고기가 선회를 시작했다.

줄의 기울기만으로는 물고기가 선회하고 있는지를 알아볼 수 없었다. 그러기엔 너무 일렀다. 노인은 단지 줄의 압력이 느슨해지는 것을 희미하게 느꼈고 오른손으로 그것을 부드럽게 당기기 시작했다. 그것은 팽팽했지만, 언제나처럼, 그것이 끊어질 지경에 이르렀을 때, 낚싯줄이 딸려 오기 시작했다. 그는 줄 아래로 어깨와 머리를 빼낸 뒤 한결같고 부드럽게 줄을 당기기 시작했다. 경쾌한 몸짓으로 양손을 사용했고 몸과 무릎으로 할 수 있는 최대한으로 당기기 위해 애썼다. 노인의 나이 든 무릎과 어깨는 그 경쾌한 당김에 따라 회전했다.

"이건 매우 큰 원이군." 노인은 말했다. "어쨌든 물고기는 선회하고 있다."

그러고 나서 줄은 더 이상 당겨 오지 않았고 노인은 햇볕 아래 물방울이 튕겨 오르는 것을 보기 전까지 그것을 붙잡고 있었다. 그때 그것이 풀려 나가기 시작했고 노인은 무릎을 꿇고서 마지못해 그것을 어두운 물속으로 돌아가게 했다.

"그는 지금 원 가장 먼 곳에서 나아가고 있어." 노인은 말했다. 할 수 있는 한 최대한 잡고 있어야만 한다, 하고 노인은 생각했다. 당기는 힘은 매시간 물고기의 원을 줄여 줄 테다. 아마 한 시간 안에 그를 보게 될 테지. 이제 그를 납득시켜야 하고 죽여야만 하는 게야.

그러나 물고기는 천천히 돌기를 지속했고 노인은 땀으로 젖었으며 두 시간 후에는 뼛속 깊이까지 지쳐 있었다. 하지만 원들은 이제 훨씬 작아졌고 줄의 기운 상태로 보아 물고기가 헤엄치는 사이에 꾸준히 떠올랐다고 판단할 수 있었다.

한 시간 동안 노인은 눈앞의 검은 반점을 보고 있었는데 땀방울이 눈과 눈 위, 머리의 상처 난 곳을 쓰라리게 했다. 검은 반점은 두렵지 않았다. 그것들은 줄을 당기는 긴장 상태에서는 흔히 있는 일이었다. 하지만, 두 번, 어지러움과 현기증을 느꼈고 그것은 그를 걱정시켰다.

"이처럼 고기 눈앞에서 쓰러지거나 죽을 수는 없습니다." 그는 말했다. "이제 저토록 멋지게 그를 오도록 만들었으니, 하나님께서는 제가 견딜 수 있도록 도우소서. 주기도문 백 번과 성모송 백 번을 외겠나이다. 하지만 당장 그것들을 욀 수는 없나이다."

외었다고 간주해 주십시오, 그는 생각했다. 후에 외겠나이다.

바로 그때 그는 갑자기 양손으로 잡고 있던 낚싯줄이 탕 하고 획 움직이는 것을 느꼈다. 그것은 예리하고 단단한 느낌이면서 육중한 것이었다.

녀석이 주둥이 창으로 철사목줄을 때리고 있는 중이군, 노인은 생각했다. 그것이 옥죄어 올 테지. 그리해야만 할 테지. 그렇지만 그가 뛰어오를 수도 있겠는걸, 나야 이제 선회하면서 머물러 주면 좋지만. 뛰어오르는 것은 공기를 마시기 위해 불가피한 게지. 그렇지만 그 후 매번 바늘에 꿴 상처가 넓어질 수 있고 녀석은 바늘을 떼어 버릴 수도 있어.

"뛰어오르지 마라, 물고기야." 그는 말했다. "뛰어오르지 마."

물고기는 철사목줄을 몇 번 더 쳤고 그가 머리를 흔들 때마다 노인은 낚싯줄을 조금씩 넘겨주었다.

녀석의 고통을 이쯤에서 유지시켜야만 한다, 하고 그는 생각했다. 내 경우는 문제가 아냐. 내 고통은 통제할 수 있어. 그러나 녀석의 고통은 그를 미치게 몰아갈 게야.

잠시 후 물고기는 철사목줄을 치는 것을 멈추었고 다시 천천히 선회하기 시작했다. 노인은 이제 꾸준하게 낚싯줄을 확보했다. 하지만 그는 다시 어지럼증을 느꼈다. 그는 왼손으로 약간의 바닷물을 떠서는 머리에 끼얹었다. 몇 번을 더 끼얹고 나서 그는 목 뒤를 문질렀다.

"쥐가 나지도 않았었군." 하고 그는 말했다. "녀석은 곧 올라올 테고 나는 끝을 볼 테다. 반드시 끝을 볼 테다. 두말할 필요가 없는 거지."

그는 이물에 기대 무릎을 꿇고는, 잠시 동안, 줄을 등 너머로 다시 미끄러뜨렸다. 녀석이 원을 벗어나 있는 지금 쉬었다가 다시 원으로 들어왔을 때 일어나서 다루자, 하고 그는 결정했다.

이물에서 쉬면서 줄을 당기지 않는 것으로 물고기 스스로 선회하고 있길 바라는 것은 큰 유혹이었다. 그러나 그 당김이 물고기가 배 쪽으로 돌았다고 여겨졌을 때, 노인은 일어섰고 이리저리 돌고 누비면서 줄을 당기기 시작해, 획득한 줄을 끌어왔다.

그 어느 때보다 피곤하군, 하고 그는 생각했다. 이제 무역풍까지 일고 있어. 하지만 녀석을 데리고 가기엔 좋을 테지. 내게는 몹시 필요한 게고.

"녀석이 벗어나는 다음 선회에는 쉬어야겠어." 하고 그는 말했다. "기분이 훨씬 나아졌어. 두세 번 더 돌고 나면 녀석을 잡을 수 있을 테다."

밀짚모자는 머리 뒤쪽으로 멀어져 있었고 뱃머리 안쪽에 줄을 당기며 물고기가 도는 것을 느꼈을 때 그는 주저앉았다.

이제 돌자꾸나, 물고기야, 그는 생각했다. 돌아오면 너를 잡아 줄게.

파도가 상당히 높아 있었다. 하지만 그것은 날씨가 좋을 때의 미풍이었고 집으로 가기 위해서는 있어야만 하는 바람이었다.

"남서쪽으로 조정해야겠군." 그는 말했다. "사내는 결코 바다에서 길을 잃지 않지. 더군다나 여긴 긴 섬이야."

그가 처음으로 물고기를 본 것은 세 번째 돌았을 때였다.

그는 처음에 매우 오래도록 배 밑을 지나는 짙은 그림자로서 그것을 보았고 그것의 길이를 믿을 수 없었다.

"아니야." 그는 말했다. "이렇게 클 수는 없는 거야."

그렇지만 이 원 끝의 단지 30야드 밖에서 외양을 드러낸 그는 정말 그렇게 켰고 사내는 물 밖으로 나온 그의 꼬리를 보았다. 그것은 커다란 자루 낫의 날보다 훨씬 높았고 검푸른 물 위에서 매우 흐린 라벤더색을 하고 있었다. 물고기가 그것을 다시 끌어모으고는 거의 표면 아래에서 헤엄칠 때 노인은 그의 커다란 몸뚱이와 그를 휘감은 듯한 자줏빛 줄무늬를 보았다. 그의 등지느러미는 내려앉았고 거대한 가슴지느러미는 넓게 펼쳐져 있었다.

이번 선회에서 노인은 물고기의 눈과 그 주위를 구애하듯 맴도는 두 마리의 회색 칠성장어를 볼 수 있었다. 때때로 그들은 스스로 그에게 들러붙곤 했다. 때때로 그들은 줄행랑을 치곤 했다. 때때로 그들은 그의 그림자 속에서 한가롭게 헤엄치곤 했다. 그들은 각각 3피트가 넘었고 그들이 빠르게 헤엄칠 때면 자신들의 온몸을 뱀장어처럼 움직였다.

노인은 이제 딱히 햇볕 말고도 그 밖의 어떤 것으로 땀을 흘리고 있었다. 물고기가 각각 평온하고 고요하게 돌 때 그는 줄을 확보했고 두 번만 더 돌면 작살을 쓸 기회를 얻을 것이라고 확신했다.

하지만 가까이, 가까이, 아주 가까이 불러들여야만 한다, 하고 그는 생각했다. 머리를 노리려 해서는 안 돼, 심장을 노려야만 해.

"침착하고 강력하게, 늙은이." 그는 말했다.

그다음 선회에서 물고기의 등이 나왔지만 배로부터 다소 멀리 떨어져 있었다. 그다음 선회에서도 여전히 너무 멀리 있었지만 물 밖으로 더 높이 떠올랐고 노인은 좀더 줄을 확보하는 것으로 그를 배 옆에 나란히 할 수 있으리라고 확신했다.

그는 오래전 작살을 준비해 두었었는데, 가벼운 로프로 된 그것의 줄 다발은 둥근 바구니 안에 담겨 있었고 그 끝은 뱃머리의 말뚝에 단단히 묶여 있었다.

물고기는 이제 차분하고 멋진 모습으로, 단지 거대한 꼬리를 움직이면서 원 안으로 들어오고 있었다. 노인은 그를 가까이 데려오기 위해 최대한 끌어당겼다. 잠시 동안 물고기가 옆면을 약간 돌렸다. 그러고 나서 자신을 곧바로 하고는 다른 원을 그리기 시작했다.

"나는 그를 움직였어." 노인이 말했다. "그러니까 나는 그의 마음을 움직인 거야."

그는 다시 어지러움을 느꼈지만 할 수 있는 최선을 다해 끌어당기는 것으로 거대한 물고기를 붙잡고 있었다. 내가 그를 움직였어. 아마 이번에는 그를 제압할 수 있을지도 몰라. 당겨라, 손아, 그는 생각했다. 견뎌라, 다리야. 마지막으로 나를 위해, 머리야. 마지막으로 나를 위해. 너는 결코 죽지 않았어. 이번엔 그를 제압할 때까지 당길 수 있을 게야.

그러나 그가 모든 노력을 기울였음에도, 물고기는 뱃전에 충분히 오기도 전에 온 힘을 다해 끌어당기기 시작하더니, 훨씬 멀리 당겨갔고 그러고 나서 자신을 바로 하고는 헤엄쳐 달아났다.

"물고기야," 노인은 말했다. "물고기야, 너는 어쨌든 죽게 돼 있다. 너는 나 또한 죽이려는 게냐?"

그런다고 이루어질 것은 아무것도 없어, 하고 그는 생각했다. 그의 입은 말을 하기엔 너무 말라 있었지만 당장은 물로 접근할 수 없었다. 이번엔 녀석을 옆으로 끌어와야만 해, 하고 그는 생각했다. 더 이상 선회하는 건 좋지 않아. 그래, 자네에게는, 하고 그는 자신에게 말했다. 자네는 이제까지가 좋은 게야.

그다음 선회에서, 거의 끌어올 뻔했다. 그러나 다시 물고기는 몸을 바로 하고는 천천히 헤엄쳐 갔다.

네가 나를 죽이겠구나, 물고기야, 노인은 생각했다. 그래, 너는 그럴 자격을 가지고 있지. 결코 나는 지금까지 너보다 더 거대하거나, 더 멋지거나, 혹은 침착하거나 더 당당한 것을 본 적이 없으니 말이다, 형제야. 어서 와서 나를 죽이렴. 나는 누가 누굴 죽이건 개의치 않는단다.

이제 머리가 헷갈리고 있군, 하고 그는 생각했다. 자네 정신 바짝 차려야 해. 정신 바짝 차리고 사내처럼 견디는 법을 깨달아야지. 아니 물고기처럼, 하고 그는 생각했다.

“정신 바짝 차려, 머리야.” 그는 자신도 거의 들을 수 없을 정도의 목소리로 말했다. “정신 바짝 차려.”

두 번을 더 선회했지만 마찬가지였다.

모르겠군, 노인은 생각했다. 그는 그때마다 자신이 까무러질 뻔했음을 느꼈었다. 모르겠어. 하지만 한 번 더 시도해 봐야겠어.

그는 한 번 더 시도했고 물고기를 돌려세웠을 때 자신이 까무러지고 있다고 느꼈다. 물고기는 몸을 바로 하고 거대한 꼬리를 공중에 흔들며 다시 천천히 헤엄쳐 떠났다.

나는 다시 시도할 테다, 하고 노인은 선언했지만, 손은 이제 곤죽이 되어 있었고 반짝이는 것들만 겨우 볼 수 있을 뿐이었다. 그는 다시 시도했고 이번에도 마찬가지였다. 그렇게 그는 생각했고, 시작도 하기 전에 자신이 까무러지고 있음을 느꼈다. 나는 다시 한번 시도할 테다.

그는 모든 고통과 남아 있던 힘과 오래전 사라진 자존심을 가지고 물고기의 사투에 맞섰고, 물고기는 갑자기 부리가 거의 배 판자에 닿을 정도로 가까이 다가와 조용히 헤엄쳤는데, 길고, 깊고, 넓은, 은빛 자주색 줄무늬를 드러내며 끝없이 이어지는 물속을 통과해 가기 시작했다.

노인은 줄을 떨구어 발로 밟고는 작살을 할 수 있는 한 높이 쳐들어 올렸다가는 온 힘을 다해 아래로, 그리고 막 불러

일으킨 힘을 더해, 사내의 가슴 높이로 올라와 있는 물고기의 거대한 가슴지느러미 바로 뒤의 옆구리 안으로 박아 넣었다. 마치 쇠에 박아 넣는 느낌이었는데, 그는 그로 인해 더욱더 박아 넣었고 그러고 나서 온 힘을 다해 그것을 밀어 넣었다.

그때 물고기가 그 안에 죽음을 품은 채, 다시 살아났고, 거대한 길이와 넓이, 힘과 아름다움 전부를 보여 주면서 물 밖으로 높이 솟구쳐 올랐다. 그는 배 안의 노인 위쪽 허공에 매달린 것처럼 보였다. 그러고 나서 그는 노인과 배 전체 위로 물을 뿌리며 요란한 소리와 함께 물속으로 떨어졌다.

노인은 어지러움과 메스꺼움을 느꼈기에 제대로 바라볼 수 없었다. 하지만 그는 작살 줄을 제거하고 살갗이 벗겨진 손을 통해 그것을 천천히 진행시켰고, 그가 볼 수 있었을 때, 은색 배를 위로 한 채 뒤집어져 있는 물고기가 눈에 들어왔다. 작살 자루는 물고기 어깨로부터 비스듬히 돌출되어 있었고 바다는 그의 가슴에서 흐르는 붉은 피로 변색되어 있었다. 처음에 그것은 일 마일이 넘는 깊이의 푸른 물속의 물고기 떼처럼 어두웠다. 그러고 나서 그것은 구름처럼 흩어졌다. 물고기는 여전히 은빛으로 파도와 함께 떠내려갔다.

노인은 그가 상상했던 바를 언뜻 떠올리며 주의 깊게 살폈다. 그러고 나서 그는 배 안의 말뚝에 작살 줄을 두 번 감고는 손으로 머리를 감쌌다.

"정신 차려야 해." 그는 뱃머리의 판자에 기대어 말했다. "나는 지친 늙은이야. 하지만 나는 내 형제인 이 물고기를 죽였고 이제 또 노예처럼 일을 해야만 하는 거야."

이제 배 옆에 그를 묶을 올가미와 로프를 마련해야만 한다, 하고 그는 생각했다. 심지어 우리가 두 명이고 배를 물에 담가 그를 싣고 물을 퍼내었다 한들, 이 배는 결코 견딜 수 없었을 거야. 모든 걸 준비해야만 해, 그러고 나서 그를 끌어다 잘 묶은 뒤 돛을 올리고 집을 향해 항해하는 거다.

그는 물고기를 옆으로 당기기 시작했다. 아가미와 입을 통해 줄을 꿰고 고기의 머리를 뱃머리 옆에 단단히 매기 위해서였다. 녀석이 보고 싶군, 하고 그는 생각했다. 만져 보고 느껴 보고 싶어. 녀석은 내 재산이야, 하고 그는 생각했다. 하지만 그것이 내가 그를 느껴 보려는 이유는 아니지. 내 생각에 나는 그의 심장을 느껴 보았어. 내가 두 번째로 작살 자루를 밀어 넣었을 때였지. 이제 녀석을 가져와 단단히 매고 꼬리 부위와 다른 중간 부위를 올가미에 엮어서 배에 묶도록 하자.

"일을 시작하세, 늙은이." 그가 말했다. 그는 물을 아주 조금 마셨다. "싸움이 끝나면 당장 노예처럼 해야 할 일이 아주 많지."

그는 하늘을 올려다보고 나서 물고기 쪽을 보았다. 그는 주의 깊게 태양을 살폈다. 정오를 많이 지나지는 않았군, 하고 그는 생각했다. 그리고 무역풍이 일고 있어. 낚싯줄은 이제 아무래도 상관없어. 우리가 집에 가면 그 애와 나는 그것들을 이어 붙일 테니.

"이리 오렴, 물고기야." 그는 말했다. 그러나 물고기는 오지 않았다.

대신에 녀석은 이제 바닷물에 뒹굴며 누워 있었고 노인은 그에게로 노를 저어 갔다.

그는 그와 함께 있으면서 심지어 물고기의 머리가 뱃머리에 닿아 있는데도 그 크기가 믿기지 않았다. 하지만 그는 말뚝으로부터 작살 로프를 풀었고, 그것을 물고기의 아가미를 통해 턱을 꿰었고, 주둥이 주위를 감고 나서 로프를 다른 아가미로 꿰어서는, 부리 주위를 다시 감고 두 개의 로프를 매듭지어 뱃머리의 말뚝에 단단히 매었다. 그는 로프를 끊어서는 꼬리를 올가미에 엮기 위해 고물로 갔다. 물고기는 본래의 자줏빛 은색에서 은빛으로 바뀌어 있었고, 줄무늬는 그의 꼬리와 같은 희미한 자주색을 띠고 있었다. 그것들은 손가락을 펼친 한 남자의 손보다 넓었고 물고기의 눈은 잠망경의 반사경처럼, 또는 행렬의 성인처럼 무심해 보였다.

"그게 그를 죽일 수 있는 유일한 방법이었어." 하고 노인은 말했다. 그는 물을 마신 후 기분이 한결 나아 있었고 그가 달아날 수 없다는 것을 알고 있었기에 그의 머리는 맑았다. 그는 그 자체로 천오백 파운드가 넘을 거야, 하고 그는 생각했다. 어쩌면 더 나갈지도 모르지. 만약 손질해서 그것의 3분의 2가 되고 파운드당 30센트로 치면?

"그러려면 펜이 있어야겠군," 하고 그는 말했다. "내 머리가 그렇게 맑지는 않아. 하지만 내 생각에 위대한 디마지오도 오늘은 나를 자랑스러워할 게야. 나는 뼈 돌기는 가지고 있지 않지. 하지만 손과 등은 정말 아프군." 뼈 돌기가 뭘지 궁금하군, 하고 그는 생각했다. 어쩌면 우리는 그것이 뭔지도 모르면서 지니고 있는 것인지도 모르지.

그는 물고기를 이물과 고물, 그리고 중간을 가로질러 단단히 매 두었다. 그것은 너무 커서 훨씬 더 큰 배 하나를 옆에 매 둔 것 같았다. 그는 줄 한 토막을 잘라 물고기의 아래턱을 부리에 대고 묶었다. 고기의 입이 벌어지지 않고 그들이 가능한 한 평안하게 항해하기 위해서였다. 그러고 나서 그는 돛대를 밟고, 갈고릿대 막대와 활대도구를 함께 덧댄 돛을 당겼고, 배는 움직이기 시작했다. 그는 고물에 반쯤 누워 남서쪽으로 항해해 갔다.

그가 남서쪽이 어디인지 분간하는 데 있어 나침판은 필요치 않았다. 단지 무역풍의 느낌과 돛의 나부낌으로 충분했다. 후림 미끼를 달아 작은 낚싯줄을 던져 먹을 만한 것과 수분을 섭취할 만한 것을 구하는 게 좋겠어. 하지만 그는 후림 미끼를 찾을 수 없었다. 그의 정어리는 상해 있었던 것이다. 하여 그는 누런 멕시코만 해초 한 무더기가 지날 때 그것들을 갈고리로 낚아 올렸고, 그것을 흔들자 그 안에 있던 작은 새우들이 배의 나뭇바닥에 떨어졌다. 그것들은 열두 마리가 넘었는데 모래벼룩처럼 팔짝팔짝 뛰었다. 노인은 엄지와 집게손가락으로 그것들의 머리를 떼어 내고 껍질과 꼬리까지 통째로 씹어 먹었다. 그것들은 매우 작았지만 자양분이 많고 맛도 좋다는 것을 그는 알고 있었다.

노인은 아직 병 속에 두 모금의 물을 가지고 있었다. 그는 새우들을 먹은 후에 반 모금을 사용했다. 배는 불리한 조건치고는 잘 항해하고 있었다. 그는 그의 팔 아래 키 손잡이로 조작했다. 그는 물고기를 볼 수 있었고, 단지 자신의 손을 보는 것과 고물에 기댄 등을 느끼는 것만으로도 이것이 실제 상황이며 꿈이 아니라는 것을 알 수 있었다. 거의 끝을 향해 가고 있다는 것을 느껴 가고 있던 그즈음, 물고기가 물 밖으로 솟구치더니 떨어지기 직전까지 하늘에 움직임 없이 매달려 있었다. 그때, 그는 어떤 거대한 기괴스러운 일이 벌어졌다고 믿어졌고 그 사실을 믿을 수 없었다. 비록 지금은 평소와 다름없이 잘 보이지만. 그때는 잘 볼 수도 없긴 했다.

이제 그는 거기에 물고기가 있다는 것과 그의 손과 등의 아픔이 꿈이 아니었다는 사실을 알고 있었다. 손은 빠르게 나을 것이다, 하고 그는 생각했다. 나는 청결하게 피를 흘려보냈고 짠물은 그들을 치유할 테다. 정직한 걸프만의 짙은 물은 여기에서 최고의 치료사인 셈이다. 내가 해야 할 일은 오직 정신을 똑바로 차리는 일이다. 손들은 자신들의 일을 해냈고 우리는 잘 항해하고 있다. 녀석의 입은 닫혀 있고 꼬리는 똑바로 오르내리고 있는 채로 우리는 형제처럼 항해하고 있는 게야. 그때 그의 머리가 약간 혼란스러워지면서, 생각하게 되었다. 녀석이 나를 데리고 가는 중일까, 아니면 내가 녀석을 데리고 가는 것일까? 만약 내가 그를 뒤에서 끄는 것이라면 문제될 것이 없을 테다. 그렇지만 그들은 나란히 묶여 함께 항해하는 중이었다. 노인은, 녀석이 나를 데려가게 하는 것으로 하자, 만약 그것이 녀석을 즐겁게 하는 것이라면, 하고 생각했다. 단지 속임수를 쓴다는 점에서 내가 녀석보다 나은 것이고 녀석이 내게 해를 끼칠 의도가 있는 것도 아니니 말이다.

그들은 수월하게 항해했고 노인은 손을 소금물 속에 흠뻑 적셨으며 머리를 깨끗이 유지하려 애썼다. 높은 뭉게구름과 그 위의 충분한 새털구름으로 노인은 미풍이 밤새 지속되리라는 것을 알고 있었다. 노인은 그것이 사실임을 확인하기 위해 끊임없이 물고기를 바라보았다. 첫 번째 상어가 그에게 달려든 것은 한 시간이 지나서였다.

상어의 출현은 우연한 것이 아니었다. 그는 짙은 피구름이

일 마일 깊은 바다 속에 가라앉으며 흩어졌을 때 깊은 물밑으로부터 왔다. 그는 매우 빠르게 그리고 사실 아무 경고도 없이 푸른 물의 표면을 가르고 태양 속으로 솟구쳐 올라왔다. 그러고 나서 그는 바다 속으로 다시 떨어졌고 냄새를 찾아내면서 배와 물고기가 지나간 경로를 따라 헤엄치기 시작했다.

때때로 상어는 냄새를 잃기도 했다. 그러나 그는 그것을 다시 찾아내거나, 아니면 단지 그것의 흔적을 좇아, 그 경로를 빠르고 강력하게 헤엄쳤다. 그는 매우 큰 청상아리로 바다에서 가장 빠른 물고기만큼이나 빠르게 헤엄칠 수 있게 되어 있었고 그에 관한 모든 것이 아가리를 제외하곤 아름다웠다. 그의 등은 황새치처럼 푸르렀고 배는 은빛이었으며 껍질은 매끈하고 보기 좋았다. 그가 빠르게 헤엄칠 때면 지금처럼 단단히 닫혀 있는 커다란 아가리를 제외하면 황새치 같았는데, 그는 바로 아래 표면에서 그의 높은 등지느러미로 흔들림 없이 물살을 헤치며 나아가고 있는 중이었다. 그의 아가리 속 닫힌 두 입술 안쪽의 8개의 이빨 줄 전부는 안쪽으로 쏠려 있었다. 그것들 대부분이 상어의 이빨처럼 보통 피라미드 형태가 아니었다. 그것들은 새 발톱 모양으로 오므린 사내의 손가락 같은 형태를 하고 있었다. 그것들은 실제로 노인의 손가락처럼 길었고 양쪽 끝은 면도날처럼 날카로웠다. 바다 속 모든 물고기들을 먹을 수 있게 되어 있는 이 물고기는, 너무나 빠르고 강한 데다 잘 무장되어 있어 어떠한 적수도 없었다. 이제 그는 신선한 피 냄새를 맡고 속력을 올렸고 그의 푸른 등지느러미는 물살을 가르고 있었다.

그가 다가오고 있는 것을 보았을 때 노인은 이것이 어떠한 두려움도 없이 자신이 원하는 바를 틀림없이 해내는 상어라는 것을 알고 있었다. 노인은 작살을 준비했고 상어가 다가오는 것을 지켜보면서 밧줄을 단단히 맸다. 밧줄은 그가 물고기를 묶기 위해 잘라 내 쓰느라 부족해진 만큼 짧아진 상태였다.

노인의 머리는 이제 의심의 여지 없이 맑았고, 결의로 가득 차 있었지만 희망은 거의 갖지 않았다. 오래 지속되기엔 너무 좋았지, 하고 그는 생각했다. 상어가 가까이 오는 것을 지켜보면서, 그는 커다란 물고기를 한번 바라보았다. 이게 꿈이었으면 좋으련만, 하고 그는 생각했다. 나를 공격하는 것으로부터 그를 지킬 수는 없을 거야, 그렇지만 녀석을 잡을 수는 있겠지. 덴투소, 하고 그는 생각했다. 네 어머니에겐 안된 일이지만.

상어의 머리가 물 밖으로 솟구쳐 나와 그것의 등이 드러났고, 노인은 거대한 물고기의 껍질과 살을 잡아 찢는 소음을 들을 수 있었다. 그때 그는 그것의 눈과 코로부터 등 쪽으로 곧바로 이어진 선이 교차하는 중간의 상어 머리 부분을 겨냥

해 작살을 쑤셔 넣었다. 물론 그런 선이 있는 것은 아니었다. 단지 무겁고 날카로운 푸른 머리와 커다란 눈과 공격적으로 달려들어 딸깍거리며 모든 것을 삼키는 턱이 있었을 뿐이다. 그러나 그곳에 뇌가 위치해 있었으므로 노인은 거기를 공격했다. 그는 피가 진득한 손으로 자신의 온 힘을 다해 잘 벼려진 작살을 찔러 넣으며 그것을 공격했다. 그는 희망은 없었지만 확고한 결의와 철저한 악의를 담아 그것을 공격했던 것이다.

상어가 빙그르 돌았고 노인은 그것의 눈이 생기를 잃은 것을 보았다. 그러고 나서 그것은 다시 한번 빙그르 돌더니, 두 개의 밧줄 고리로 자신을 감았다. 노인은 상어가 죽었지만 그 사실을 받아들이지 못하고 있다는 것을 알고 있었다. 그러고 나서, 상어는 꼬리를 철썩이고 턱을 딸각이면서 등으로, 고속 발동선이 하는 것처럼 물 위를 애써서 나아갔다. 그의 꼬리가 요동쳐 댄 곳은 하얗게 물보라가 일었고 밧줄이 팽팽해지고, 부르르 떨리다가 마침내 끊어졌을 때, 몸뚱이 4분의 3이 물 위로 드러났다. 상어는 잠시 동안 수면 위에 조용히 누워 있었고 노인은 그것을 지켜보았다. 그러고 나서 그것은 매우 천천히 가라앉았다.

"녀석이 40파운드쯤은 해치웠군." 노인이 소리 내어 말했다. 녀석은 또한 내 작살과 로프 전부를 가져갔어, 하고 그는 생각했다. 그리고 이제 내 물고기는 다시 피를 흘리고 있으니 다른 녀석들이 나타나겠지.

물고기가 훼손되어 있었으므로 그는 더 이상 그 물고기를 바라보고 싶지 않았다. 그는 물고기가 공격당하고 있을 때 마치 자신이 공격당하고 있는 것처럼 여겨졌었다.

그렇지만 나는 내 물고기를 공격하는 상어를 죽인 게야, 하고 그는 생각했다. 그것도 내가 이제껏 본 것 중에 가장 큰 덴투소를. 하나님만 알겠지, 내가 지금까지 보아 온 커다란 놈들을.

끝났다기엔 너무 좋았지, 하고 그는 생각했다. 이게 지금 꿈을 꾸고 있는 중이었다면, 내가 결코 물고기를 낚지 않았고 침대 속 신문지 위에 혼자 있는 중이었다면.

"그렇지만 인간은 패배를 위해 만들어지지 않았어." 그는 말했다. "인간은 파멸당할 수는 있을지언정 패배하지는 않아." 유감스럽긴 하지만 나는 물고기를 죽였잖아, 하고 그는 생각했다. 이제 안 좋은 시간이 다가올 텐데 나는 작살조차 가지고 있지 않으니. 그 덴투소는 잔인하면서도 유능하고 강하면서도 영리했어. 하지만 나는 그보다 더 영리했었고. 어쩌면 아닐지도 모르겠군, 하고 그는 생각했다. 어쩌면 단지 내가 더 잘 무장하고 있어서였던 건지도.

"생각 같은 건 하지 말게, 늙은이," 그는 소리 내어 말했다.

"이 행로를 항해하다 일이 닥치면 이겨내면 되는 거야." 그렇지만 나는 생각이라는 걸 해야만 해, 하고 그는 생각했다. 왜냐하면 그것이 내게 남은 전부니까. 생각과 야구. 위대한 디마지오는 내가 뇌 쪽으로 그를 공격한 것이 마음에 들긴 했었을까? 궁금하군, 하긴 그게 대단했던 것은 아니지, 그는 생각했다. 누구라도 그렇게 할 수 있었을 테니 말야. 그렇지만 자넨 내 손들이 뼈 돌기처럼 커다란 장애를 가지고 있었다고는 생각지 않나? 모르겠군. 나는 가오리 가시에 찔렸을 때를 제외하곤 발뒤꿈치가 안 좋았던 적이 결코 없었으니, 수영을 하다 그를 밟았을 때 아래 다리가 마비되고 견디기 힘든 고통을 겪긴 했었지만 말이야.

"즐거운 어떤 일들에 대해서 생각하자구, 늙은이." 그는 말했다. "매분 이제 자네는 집에 가까워 가고 있어. 40파운드가 줄었으니 더 가볍게 항해하는 셈이고 말이야."

그는 매우 잘 알고 있었다. 그가 해류의 안쪽 부분에 도달했을 때 어떤 일이 반복적으로 벌어질지. 하지만 당장 해야 할 일은 아무것도 없었다.

"그래, 있군." 그는 소리 내어 말했다. "노 한쪽 밑둥에 칼을 묶어 둘 수 있겠어."

그리하여 그는 팔 밑의 키 손잡이와 발밑의 아딧줄을 가지고 그렇게 했다.

"자, 여전히 나는 늙은이긴 하지만 무장을 하지 않은 건 아니지." 하고 그는 말했다.

미풍은 이제 신선했고 그는 원만하게 항해했다. 그는 오로지 물고기의 앞부분만 지켜보았으므로 얼마간 희망을 회복했다.

희망을 품지 않는 건 어리석은 짓이지, 그는 생각했다. 게다가 그것은 죄악이라고 믿어. 죄악에 관해선 생각하지 말자, 하고 그는 생각했다. 죄악 말고도 문제는 지금도 충분해. 또 나는 그것에 대해 이해하고 있는 것도 없지 않나.

그에 대해 이해하는 게 없으니 그것을 믿는다고 확신할 수도 없지. 아마 물고기를 죽이는 건 죄악일 게야. 그것이 비록 내가 살기 위해서였고 많은 사람들을 먹이게 되었다고 하더라도 말이지. 그렇지만 그렇게 따지자면 모든 게 죄악이지. 죄악에 관해 생각하지 말자구. 그러기엔 너무 늦었고 그것을 따지는 것으로 비용을 받는 이들도 있으니. 그에 관해서는 그들에게 생각하게 하자구. 자네는 물고기가 물고기로 존재하기 위해 태어난 것처럼, 어부로 존재하기 위해 태어난 걸세. 성 베드로도 위대한 디마지오 선수의 아버지처럼 어부였잖은가 말이지.

하지만 그는 자신이 관련된 모든 것에 대해 생각하는 것을 좋아했고 그곳에는 아무 읽을거리가 없었으며 라디오를 가지고 있지 않았기에, 그는 많은 것을 생각하고 죄악에 관해 생각하는 것을 계속했다. 자네는 단지 살기 위해 그리고 먹거리로 팔기 위해 물고기를 죽였던 게 아니야, 그는 생각했다. 자넨 자부심을 위해 그를 죽였지, 왜냐하면 자넨 어부이니까. 자넨 그가 살아 있을 때 그를 사랑했고 후에도 그를 사랑했지. 만약 자네가 그를 사랑한다면, 그를 죽인 건 죄악이 아냐. 아니 그건 더한 건가?

"자넨 너무 생각이 많아, 늙은이." 그는 소리 내어 말했다.

하지만 자넨 덴투소를 죽이는 일을 즐겼잖아, 그는 생각했다. 그는 자네가 그런 것처럼 물고기의 삶을 사는 거야. 그는 썩은 고기를 먹는 물고기도 아니었고 다른 상어가 그런 것처럼 그저 식욕 때문에 이동하는 것도 아니었어. 그는 멋지고 당당했고 어떤 두려움도 없다는 걸 알고 있었지.

"나는 정당방위로 그를 죽인 거야." 노인은 소리 내어 말했다. "또한 적절하게 죽였고."

더군다나, 그는 생각했다, 어떤 점에서는 모든 것들이 나머지 모두를 죽이는 거야. 고기를 잡는 일이 나를 살리고 있는 것과 똑같이 나를 죽이는 거고. 그 애가 나를 살리고 있는 거야, 하고 그는 생각했다. 너무 많이 내 자신을 속여서는 안 되지.

그는 뱃전에 기대 상어가 물어뜯어 헐거워진 물고기 살점

한 조각을 떼어 냈다. 그는 그것을 씹었고 그것의 질감과 훌륭한 맛에 유의했다. 그것은 육고기처럼 단단하면서 즙이 많았지만 피로 붉지는 않았다. 그것에는 힘줄도 없었으므로 그는 그것이 시장에서 높은 가격이 매겨지리라는 것을 알고 있었다. 하지만 물 밖으로 퍼져 나가는 그것의 냄새를 지킬 방법이 없었으므로, 노인은 매우 힘든 시간이 다가오고 있다는 것을 알고 있었다.

바람은 한결같았다. 그것은 북동쪽으로 조금 더 몰렸는데 그는 그것이 잦아지려 하지 않는 것이라는 의미임을 알고 있었다. 노인은 그의 앞을 살폈지만 돛을 볼 수 없었고 선체도 볼 수 없었으며 어떤 배의 연기도 볼 수 없었다. 거기에는 단지 항해하는 배의 양편에서 뛰어오르는 날치와 누런 멕시코만 해초가 있을 뿐이었다. 그는 심지어 새조차 볼 수 없었다.

그는 두 시간을 항해했는데, 고물에서 쉬면서 때때로 청새치로부터 떼어 낸 고기 조각을 씹으며, 휴식과 힘을 모으기 위해 애쓰던 그때, 두 마리의 상어 가운데 첫 번째 것을 볼 수 있었다.

"아." 그는 소리 내어 말했다. 이 말에 관한 해석은 있을 수 없었고, 어쩌면 그것은 단지 부지불식간에, 못이 그의 손과 나무 널빤지를 꿰뚫고 들어오는 것이 느껴질 때, 인간이 만들어 낼 수 있는 소리에 불과했다.

"갈라노로군." 그는 소리 내어 말했다. 그는 앞의 것 뒤에서 이제 막 다가오는 두 번째 지느러미를 보았는데, 그들은 갈색의 삼각형 지느러미와 큰 곡선을 그리며 움직이는 꼬리로 미루어 보아 삽날코 상어로 여겨졌다. 그들은 냄새를 맡고 흥분해 있었으며, 심한 굶주림으로 멍해진 상태였기에 흥분 속에서 그 냄새를 잃었다가 되찾았다가 해온 터였다. 그럼에도 그들은 줄곧 가까워지고 있었던 것이다.

노인은 아딧줄을 단단히 매고 키 손잡이를 고정시켰다. 그러고 나서 칼을 매달아 두었던 노를 집어 들었다. 그의 손이 통증으로 움츠러들었으므로 그는 가능한 한 부드럽게 그것을 들어 올렸다. 그러고는 통증을 누그러뜨리기 위해 손을 부드럽게 펼쳤다 오므렸다를 반복했다. 그는 이제 그것들이 통증을 이겨 내고 위축되지 않도록 단단히 오므리고는 상어들이 오는 것을 지켜보았다. 이제 그는 그들의 넓고 평편하고 뾰족한 삽 같은 머리와 끝이 넓은 하얀 가슴지느러미를 보았다. 그들은 혐오스러운 상어들로, 죽은 것뿐만 아니라, 악취가 나는, 썩은 고기까지 먹는 스캐빈저였는데, 허기지면 배의 노나 키까지 물어뜯는 것들이었다. 이 상어들은 바다거북이 수면 위에 떠서 잠들어 있을 때 거북의 다리와 발을 물어뜯기도 했고, 비록 사람에게서 물고기 피 냄새나 비린내가 나지 않더라도, 허기진 상태라면, 물속에 있는 사람을 공격하기도 했다.

"에잇," 노인은 말했다. "갈라노. 덤벼라, 갈라노."

그들이 다가왔다. 그러나 그들은 청상아리가 달려들었던 것처럼 달려들지 않았다. 한 마리가 몸을 돌려서는 시야에서 벗어나 배 밑으로 갔고 물고기를 홱 낚아채 잡아당기는 동안 노인은 배가 흔들리는 것을 느낄 수 있었다. 다른 하나는 그의 쫙 째진 누런 눈으로 노인을 지켜보았고 그러고 나서 그의 반원의 넓은 턱으로 물고기의 이미 물어뜯긴 부위를 공격하기 위해 빠르게 달려들었다. 뇌가 척수와 만나는 그의 갈색 머리와 등의 맨 꼭대기에 있는 선이 뚜렷하게 보였고 노인은 노에 연결시킨 칼로 그곳을 찔렀다가, 다시 빼서는, 고양이 눈 같은 노란 눈을 다시 찔렀다. 상어는 물고기를 놓고는 미끄러져 내려갔고, 죽어 가는 동안에도 물어뜯은 것을 삼키고 있었다.

다른 상어가 물고기를 뜯어 먹는 중이었기에 배는 여전히 흔들리는 중이었고 노인은 아딧줄을 조정해 배를 측면으로 흔들어 상어를 밑에서 밖으로 나오게 했다. 상어를 보았을 때 그는 옆으로 기대 그것을 찔렀다. 그는 단지 살을 공격했으므로 껍질이 단단해서 칼이 거의 들어가지 않았다. 더불어 그 충격은 그의 손뿐만 아니라 어깨까지 아프게 했다. 그러나 상어가 머리를 빠르게 밖으로 내밀어 코가 물 밖으로 나와 물고기 가까이 이르렀을 때 노인은 그의 납작한 머리의 중앙을 정확하게 공격했다. 노인은 칼날을 뺐다가는 다시 정확하게 같은 부위를 찔렀다. 그는 여전히 갈고리 같은 아가리로 물고기에 매달렸고 노인은 그의 왼쪽 눈을 찔렀다. 상어는 여전히 거기에 매달려 있었다.

"아직이냐?" 노인은 말하곤 척추와 뇌 사이로 칼날을 박아 넣었다. 이번에는 어렵지 않게 일격이 가해졌고 그는 연골이 갈라지는 것을 느꼈다. 노인은 노를 뒤집어 입을 벌리게 하기 위해 칼날을 상어의 아가리 사이로 밀어 넣었다. 그는 칼날을 비틀었고 상어가 스르르 미끄러져 떨어질 때 말했다. "가거라, 갈라노. 일 마일 깊이까지 미끄러져 내려가 버려. 네 친구에게나 가 봐, 어쩌면 네 에미일지도 모르겠지만."

노인은 칼의 날을 씻고 노를 내려놓았다. 그러고 나서 아딧줄을 찾아서는 돛을 활짝 펼쳤고 배를 원래의 진로로 향하게 했다.

"녀석들이 고기의 사분지 일은 뜯어 간 게 틀림없어, 그것도 가장 좋은 부위를." 그는 소리 내어 말했다. "이게 꿈이었으면 좋겠군, 결코 그를 낚지 않았다면 좋았을 것을. 그 점에 대해서는 정말 미안하구나, 물고기야. 모든 게 안 좋게 되어 버렸어." 그는 말을 멈추었고 이제 물고기를 쳐다보고 싶지 않았다. 피가 빠져나가고 파도에 씻긴 물고기는 거울의 뒷면 같은 은빛을 띠고 있었고 그의 줄무늬는 아직 보였다.

"내가 여기에까지 이르게 해서는 안 되는 거였는데, 물고기야." 그는 말했다. "너를 위해서도 나를 위해서도. 정말 미안하다, 물고기야."

이제, 그는 자신에게 말했다. 칼이 묶인 곳과, 잘려진 데가 있는지도 살펴보자. 그러고 나서 자네 손도 제대로 만들어 두어야겠지, 아직 저놈들이 더 많이 몰려올 테니 말야.

"칼을 갈 숫돌이 있으면 좋았을 텐데," 노인은 노 밑둥에 묶여 있는 것을 살피고 나서 말했다. "숫돌을 가져와야만 했는데." 자넨 많은 것들을 가져왔어야만 했지, 하고 그는 생각했다. 그러나 자넨 가져오지 않았지, 늙은이. 이제 자네가 가져오지 않은 걸 생각할 시간이 없네. 가지고 있는 걸로 무얼 할 수 있는지를 생각해야지.

"자넨 내게 훌륭한 조언을 참 많이도 하는군," 그는 소리 내어 말했다. "그것도 이제 지겹군." 그는 배가 앞으로 나아가는 동안 팔 아래로 키 손잡이를 잡고는 양손을 물속에 담갔다.

"마지막 놈이 얼마나 많이 뜯어 갔는지 모르겠지만," 그는 말했다. "이제 배가 많이 가벼워졌어." 그는 물고기 아래쪽이 훼손된 것에 대해서는 생각하고 싶지 않았다. 상어가 낚아채고 당길 때마다 고기가 뜯겨 나갔다는 것과 이제 그 고기는 모든 상어들을 위해 바다를 관통하는 고속도로처럼 넓은 자국을 만들어 두었다는 것을 그는 알고 있었다.

겨울 한철 사내 하나를 먹여 살릴 물고기였는데, 그는 생각했다. 그런 생각 마시게. 그냥 쉬면서 남겨진 거라도 지키기 위해 자네 손을 회복시키는 데 애쓰게. 내 손에서 나는 피 냄새는 물속을 온통 채우고 있는 것에 비하면 아무 의미가 없는 게야. 게다가 많은 피가 흐르는 것도 아니고. 이렇다 할 상처도 없어. 피가 나고 있으니 쥐가 나지도 않을 테고.

이제 무슨 생각을 할 수 있을까? 그는 생각했다. 아무것도 없군. 아무 생각도 하지 말고 다음 상어들을 기다리도록 하세. 정말 이게 꿈이었다면 좋겠군, 그는 생각했다. 그러나 누가 알겠어? 좋은 쪽으로 풀려 갈지.

다음으로 달려든 상어는 주둥이가 납작하고 몸집이 작은 쇼블노즈 한 마리였다. 그는 사람이 머리를 넣는다면 들어갈 만큼 넓은 입을 가진 돼지가 여물통에 달려들듯 덤벼들었다. 노인은 그가 물고기를 공격하도록 버려 두었다. 그런 다음 노에 매단 칼을 그의 뇌에 박아 넣었다. 하지만 상어는 거꾸로 홱 돌아누웠고 그가 몸을 뒤집을 때 칼날이 부러져 나갔다.

노인은 키를 조종하기 위해 자리를 잡고 앉았다. 그는 심지어 거대한 상어가 처음에는 실제 크기에서, 점점 작아지다, 조그맣게 보이면서 물속으로 가라앉는 장면조차 지켜보지 않았다. 그 장면은 언제나 노인을 매료시켰다. 하지만 그는 이제 그조차 지켜보지 않았던 것이다.

"이제 갈고리가 있군." 그는 말했다. "그리 도움은 안 되겠지만 말야. 두 개의 노와 키 손잡이와 짧은 곤봉도 가졌군."

이제 그들이 나를 이겼구나, 그는 생각했다. 곤봉으로 상어를 죽이기엔 내가 너무 늙었어. 그렇지만 노와 곤봉과 키 손잡이를 가지고 있는 이상 최선을 다할 테다.

그는 그의 손을 적시기 위해 다시 물속에 담갔다. 늦은 오후가 되어 가고 있었고 바다와 하늘 외에는 아무것도 보이지 않았다. 하늘에는 앞서 불던 것보다 많은 바람이 불고 있었고, 그래서 그는 곧 육지를 볼 거라는 희망을 품었다.

"자넨 지쳤어, 늙은이." 그는 말했다. "속까지 지친 거야."

상어들은 일몰 직전까지 다시 그를 공격하지 않았다.

노인은 물고기가 물속에 만들어 둔 것이 틀림없을 넓은 흔적을 따라 갈색 지느러미들이 오고 있는 것을 보았다. 그들은 냄새를 좇아 사방으로 흩어지지 않았다. 그들은 배와 똑바로 머리를 두고 나란히 헤엄쳤다.

그는 키 손잡이를 고정시키고, 돛을 단단히 하고는 고물 밑의 곤봉을 잡기 위해 손을 뻗쳤다. 부러진 노 손잡이를 톱질해 만든 것으로 길이가 2.5피트 정도 되었다. 손잡이의 자루 때문에 단지 한 손으로 효과적으로 사용할 수 있었으므로 그는 상어가 다가오는 것을 지켜보면서 오른손을 구부려서 그것을 잘 움켜쥐었다. 그들은 둘 다 갈라노였다.

앞의 것이 충분히 물게 하고 코의 돌출부나 머리 맨 윗부분 튀어나온 곳을 공격해야만 한다, 하고 그는 생각했다.

두 마리의 상어는 함께 가까워졌고 좀더 가까운 한 마리가 아가리를 벌려서 물고기의 은빛 옆구리 안으로 파고드는 것을 보면서, 그는 곤봉을 높이 치켜들었다가 맹렬하게 내리쳤고 상어의 넓은 머리 꼭대기를 세차게 때려 댔다. 곤봉을 내려쳤을 때 그는 고무 같은 탄력성을 느꼈다. 그러나 단단한 뼈 역시 느꼈고 상어가 물고기로부터 스르르 떨어져 나갈 때 코끝을 한번 더 세차게 후려쳤다.

다른 상어는 들락날락하다가 이제 다시 넓은 아가리를 벌리고 달려들었다. 노인은 그것이 놈이 물고기를 덮쳤을 때 아가리 한쪽으로부터 하얗게 삐져나온 물고기 살점을 볼 수 있었다. 그는 곤봉을 휘둘러 오로지 머리를 공격했지만 상어는 그를 쳐다보고 나서 느슨해진 고기를 비틀어 뜯어냈다. 상어가 그것을 삼키기 위해 떨어졌을 때 노인은 다시 곤봉을 휘둘렀지만 단지 무겁고 단단한 고무덩어리를 공격하는 듯했다.

"덤벼라, 갈라노." 노인은 말했다. "다시 달려들어."

상어는 쇄도해 들어왔고 노인은 그가 아가리를 닫았을 때 공격했다. 그는 곤봉을 할 수 있는 한 높이 치켜들었다가 힘껏 내리쳤다. 이번에는 뇌 중심부의 뼈가 느껴졌고, 그는 상어가 완만하게 느슨한 살점을 잡아채다 물고기로부터 떨어져 나갈 동안 같은 곳을 재차 공격했다.

노인은 그가 다시 오길 가만히 기다렸지만 모습을 드러낸 상어는 어느 쪽도 없었다. 그러고는 한 마리가 수면 위에서 원을 그리며 헤엄치고 있는 것을 보았다. 다른 것은 지느러미조차 볼 수 없었다.

그들을 죽일 수 있으리라고 기대했던 건 아니야, 그는 생각했다. 내 전성기 때였다면 할 수 있었겠지. 하지만 그들 둘 다에게 심하게 상처를 입혔으니 어느 쪽도 매우 기분 좋을 리 없을 거야. 만약 내가 양손으로 곤봉을 사용할 수 있었다면 첫 번째 것은 확실히 죽일 수 있었을 테지. 비록 지금 이 나이라도 말이야, 하고 그는 생각했다.

그는 물고기를 보고 싶지 않았다. 그것의 절반이 뜯겨져 나갔다는 것을 알고 있었기 때문이다. 태양은 그가 상어들과 싸우는 사이 져버리고 없었다.

"곧 어두워지겠군." 그는 말했다. "그러고 나면 나는 아바나의 불빛을 보게 될 테지. 만약 내가 너무 멀리 동쪽으로 와 있는 것이라면 새로운 해변 중 하나의 불빛을 보게 될 게고."

이제 너무 극단적일 필요는 없어, 그는 생각했다. 너무 걱정하고 있었던 사람이 없길 바라야지. 물론, 그 애만은 걱정하겠지. 하지만 그 애는 믿고 있었을 게 분명해. 많은 늙은 어부들은 걱정하겠지. 다른 많은 사람들 또한… 그는 생각했다.

나는 정말 좋은 마을에 살고 있는 게야.

그는 물고기가 너무 심하게 망가졌기에 더 이상 대화를 할 수 없었다. 그때 무언가가 머릿속에 떠올랐다.

"반쪽 물고기야." 그는 말했다. "너였던 물고기야. 미안하다. 내가 도를 넘어서 유감이구나. 나는 우리 둘 다를 망가뜨렸구나. 그렇지만 우리는 많은 상어를 죽여 왔지, 너와 나는. 그리고 많은 다른 것들을 망가뜨렸지. 너는 이제까지 얼마나 많이 죽였니, 늙은 물고기야? 네 머리의 창을 쓸데없이 가지고 있었던 건 아닐 테니 말이야."

그는 물고기에 대해 그리고 그가 자유롭게 헤엄칠 수 있었다면 상어를 어떻게 다루었을지를에 대해 생각해 보는 일이 마음에 들었다. 부리를 잘라 내 그들과 싸웠어야 했는데, 하고 그는 생각했다. 하지만 도끼도 없는 데다 칼도 없었지 않은가.

그렇지만 내가 그런 것을 가지고 있었고, 부리를 노 끝에 묶을 수 있었다면, 어떤 무기가 되었을 테지. 그런 다음 우리는 함께 싸울 수 있었을 텐데. 이제 자네는 무얼 할 수 있지, 저들이 밤중에 온다면 말일세? 자네가 할 수 있는 게 뭐냐고?

"그들과 싸워야지." 그는 말했다. "내가 죽기 전까지 그들과 싸워야겠지."

그러나 이제 어둠 속에서 보이는 불빛도 없고 빛도 없이 단지 바람과 한결같은 항해의 노 젓기 속에서 그는 어쩌면 자신이 이미 죽은 것은 아닐지 모른다고 느꼈다. 그는 그의 두 손을 함께 맞잡고 손바닥을 느껴 보았다. 그것들은 죽지 않았다. 단순히 그것들을 폈다 오므렸다 하는 것만으로도 살아있음의 고통을 확인할 수 있었다. 그는 그의 등을 고물에 기댔고 죽지 않았다는 것을 알았다. 그의 어깨가 그에게 알려주고 있었다.

나는 이 기도문 전부를 외겠다고 약속했었지, 만약 저 고기를 잡게 된다면, 하고 그는 생각했다. 하지만 나는 지금 그것들을 외기엔 너무 피곤하군. 마대를 가져다 어깨를 덮는 게 좋겠어.

그는 고물에 누웠고 키를 조정하면서 불빛이 하늘에서 다가오는지 지켜보았다. 나는 그의 절반을 가지고 있어, 그는 생각했다. 어쩌면 나는 뱃전의 절반을 가지고 갈 행운이 있을지 몰라. 나는 얼마간 운이 있어야 해. 아니야, 그는 말했다. 자네는 너무 멀리 나왔을 때 자네의 운을 거슬렀던 거야.

"어리석게 굴지 마," 그는 소리 내어 말했다. "자지 말고 조종이나 해. 자네는 아직 많은 행운을 가지고 있을지 몰라."

"만약 그것을 파는 곳이 있다면 얼마간 사고 싶군." 그는 말했다.

나는 그것을 무엇으로 살 수 있을까? 그는 자신에게 물었다. 잃어버린 작살과 부러진 칼과 나아지지 않는 두 손으로 살 수 있을까?

"자넨 살 수 있을지도 모르지," 그는 말했다. "자넨 바다에서 공친 84일로 그것을 사려고도 노력했잖나. 그들 역시 자네에게 그것을 거의 팔 뻔했었고 말이지."

터무니없다고 생각해서는 절대 안 돼, 하고 그는 생각했다. 행운은 다양한 형태로 오는 것인데 누가 그것을 알아챌 수 있을 텐가? 그래도 어떤 형태로든 그들이 요구하는 무엇을 지불하더라도 얼마간 얻고 싶군. 그리고 불빛들로부터 빛을 볼 수 있었으면 좋을 텐데, 하고 그는 생각했다. 나는 너무 많은 것을 바라는군. 하지만 그것이 지금 내가 바라는 거지. 그는 좀 더 편안하게 키를 조종할 수 있도록 자리를 잡기 위해 애썼고 자신의 고통으로 그는 자신이 죽지 않았다는 것을 알고 있었다.

그는 밤 10시쯤 되었을 게 틀림없는 도시의 불빛으로 생기는 반사광을 보았다. 처음에 그것들은 단지 달이 뜨기 전 하늘의 빛으로 지각되었을 뿐이었다. 그러고는 이제는 거칠어진 대양을 가로질러 증가한 육풍과 함께 꾸준히 보였다. 그는 그 빛의 안쪽으로 키를 조종했고, 이제, 곧 멕시코 만류의 가장자리에 맞닥칠 것이 틀림없었다.

이제 끝인가, 하고 그는 생각했다. 그들은 아마 다시 나를 공격할 테지. 하지만 무기 하나 없이 어둠 속에서 그들을 상대해 인간이 할 수 있는 게 무얼까?

그는 이제 온몸이 뻐근하고 욱신거렸고 그의 상처들과 몸의 긴장된 부분은 밤의 냉기로 아픔을 느꼈다. 나는 다시 싸워야만 하는 걸 바라지 않아, 하고 그는 생각했다. 나는 정말이지 다시 싸워야만 하는 걸 바라지 않는다구.

그렇지만 한밤중에 그는 싸웠고 이번에는 그 싸움이 쓸모없다는 걸 그는 알고 있었다. 그들은 떼를 지어 몰려왔고 그는 단지 그들의 지느러미가 만드는 물속의 줄들과 물고기 위로 달려들 때 나는 인광만을 볼 수 있었을 뿐이다. 그는 머리에 곤봉질을 해댔고 아가리가 살을 뜯는 소리와 그들이 밑으로 들어갔을 때 돛단배가 흔들리는 소리를 들었다. 그는 단지 느낌과 소리에만 의존해 필사적으로 곤봉질을 해댔고 무언가가 곤봉을 붙잡는 느낌이 들더니 그조차 사라져 버렸다.

그는 키 손잡이를 키로부터 자유롭게 확 뽑아내 그것으로 때리고 찍었는데, 양손에 그것을 쥐고 되풀이해서 몰아쳤다. 하지만 그들은 이물로 올라와 하나씩 번갈아 그리고 함께 달려들어서, 그들이 한번 더 돌아갔을 때 바다 아래로 빛이 발하는 것처럼 보이는 살점을 떼어 먹고 있었다.

한 마리가, 마침내, 그것의 머리를 향해 왔고 그는 그것으로 끝났다는 것을 알고 있었다. 그는 키 손잡이를 잘 뜯기지 않는 육중한 물고기 머리를 잡고 있는 아가리가 있는 상어의 머리를 가로질러 휘둘렀다. 그는 그것을 한 번 두 번 그리고 다시 휘둘렀다. 그는 키 손잡이가 부러지는 소리를 들었고 부러진 끝으로 상어를 찔렀다. 그는 그것이 박히는 것을 느꼈고 그것이 날카롭다는 것을 잘 알고 있었기에 다시 그것을 쑤셔 넣었다. 상어는 떨어지더니 뒹굴며 멀어졌다. 그것이 몰려왔던 상어 떼의 마지막 상어였다. 그들이 먹을 것은 더 이상 아무것도 없었다.

노인은 거의 숨을 쉴 수 없었고 입안에서 이상한 맛이 느껴졌다. 그것은 구리같이 달착지근해서 한순간 두려워졌다. 하지만 많은 양은 아니었다.

그는 대양으로 뱉으며 말했다. "이것도 먹어라, 갈라노 놈들아. 그리고 사람을 죽였던 꿈이나 꿔라."

그는 자신이 이제 마침내 돌이킬 수 없이 패배했다는 것을 알고 있었다. 그리고 고물로 돌아가서 끝이 들쭉날쭉한 키 손잡이를 발견해 키 홈에 끼워 보자 조종하기에 그런대로 괜찮았다. 그는 마대자루를 그의 어깨에 둘러놓고 배를 가야 할 방향으로 맞추어 놓았다. 그는 이제 가볍게 항해했고 어떤 종류의 생각이나 느낌도 갖지 않았다. 그는 이제 모든 것에 초월해 있었고 또한 자신의 집이 있는 항구를 향해 할 수 있는 한 가장 현명하게 돛단배를 몰았다. 밤사이에도 상어들은 누군가가 식당 테이블에 남겨 두고 간 음식 부스러기를 줍기라도 하려는 것처럼 남은 잔해를 공격해 왔다. 노인은 그들에게 주의를 기울이지 않았다. 조종하는 것을 제외하곤 어떤 주의도 기울이지 않았다. 오직 배 옆에 큰 무게가 없어진 돛단배가 얼마나 가볍게 또한 얼마나 잘 항해하는지에만 신경 썼다.

배는 괜찮아, 그는 생각했다. 그녀는 견고하고 어떤 방식으로든 키 손잡이를 제외하곤 상처입지 않았어. 그거야 쉽게 대체할 수 있지.

그는 이제 해류의 안쪽에 들었다는 것을 느낄 수 있었고 물가를 따라 늘어선 해변 거주지의 불빛들을 볼 수 있었다. 그는 이제 그가 어디쯤 와 있는지와 집으로 돌아가는 데 아무 문제가 없다는 것을 알고 있었다.

바람은 여하튼, 우리 친구지, 하고 그는 생각했다. 그러고 나서 덧붙였다, 때에 따라서지만. 그리고 우리의 친구와 적들이 함께 있는 거대한 바다. 그리고 침대, 그는 생각했다. 침대는 그냥 친구일 뿐이지. 침대만큼은, 그는 생각했다. 침대는 위대한 걸 게야. 네가 패배했을 때조차 안락함을 주니, 하고 그는 생각했다. 나는 그것이 얼마나 안락한 건지 전혀 몰랐었군. 그런데 무엇이 자네를 이긴 거지, 하고 그는 생각했다.

"아무것도," 그는 소리 내어 말했다. "나는 너무 멀리 나갔던 것뿐이야."

그가 작은 항구 안으로 항해해 들어왔을 때 테라스의 불빛은 꺼져 있었고 그는 모든 사람들이 침대에 들었다는 것을 알았다. 육풍은 꾸준하게 일어서 이제 강하게 불고 있었다. 그럼에도 불구하고 항구는 조용했고 그는 바위 아래 작은 자갈밭 위로 배를 끌어올렸다. 그를 도울 사람이 한 명도 없었으므로 그는 자신이 할 수 있을 만큼 멀리까지 노를 저어 배를 올렸다. 그러고 나서 그는 내려서 바위에 그것을 단단히 매었다.

그는 돛대를 밟지 않고 돛을 감아서는 묶었다. 그러고는 돛대를 어깨에 걸머지고 오르막을 오르기 시작했다. 그제서야 그는 자신이 심하게 지쳐 있음을 알았다. 그는 어느 순간 멈춰 서서 뒤를 돌아보았고, 가로등 빛으로 비치는 배의 고물 뒤편에 여전히 적당히 붙어 있는 물고기의 거대한 꼬리를 보았다. 그는 하얗게 발라진 등뼈 라인과 튀어나온 부리의 짙은 머리 덩어리와 그 앙상하게 발라진 사이의 모든 것을 보았다.

그는 다시 오르막을 오르기 시작했고 꼭대기쯤에 이르러 그만 쓰러져서는 어깨에 가로지른 돛대 그대로 한동안 누워 있었다. 그는 일어서기 위해 애썼지만 너무나 힘들었다. 그는 어깨에 돛대를 올려두고 거기에 앉아 길을 바라보았다. 고양이 한 마리가 막 무슨 일을 벌이려는지 좀 떨어진 옆으로 지났고 노인은 그것을 지켜보았다. 그러고는 단지 길을 지켜보았다.

마침내 그는 돛대를 땅에 내려놓고 일어섰다. 그는 돛대를 다시 집어 들어 어깨 위에 올리고는 길을 걷기 시작했다. 그는 자신의 오두막에 도착하기 전까지 다섯 번을 주저앉아야 했다.

오두막 안에서 그는 돛대를 벽에 기대어 놓았다. 어둠 속에서 물병을 찾아서는 물 한 모금을 마셨다. 그러고는 침대에 누웠다. 그는 담요를 당겨서 어깨를 덮었고 그러고 나서 등과 다리를 덮었고 신문지 위에 엎드려 팔을 밖으로 내뻗고 손을 위쪽으로 펼친 채 잠에 들었다.

그는 소년이 아침에 문 안을 들여다보았을 때 잠들어 있었다. 바람이 너무 심하게 불어서 노 젓는 배들이 나갈 수 없었으므로 소년은 늦게까지 잠을 자고는 매일 아침 그랬던 것처럼 노인의 오두막으로 왔던 것이다. 소년은 노인이 숨을 쉬고 있는지 살폈고 그러고는 노인의 손을 보았고 울기 시작했다. 그는 커피를 가지러 가기 위해 매우 조용히 빠져나와서는 길을 내려가는 내내 울었다.

많은 어부들이 돛단배 주위에서 그것 옆에 묶인 것을 바라보고 있었고, 한 사람이 바지를 걷어 올리고 물에 들어가, 긴 줄로 뼈만 남은 물고기 잔해를 재어 보고 있었다.

소년은 내려가지 않았다. 그는 전에 왔었고 어부 한 사람이 그를 위해 돛단배를 살펴보고 있었다. "그분은 어떠시냐?" 어부 가운데 한 사람이 소리쳤다.

"자고 계세요." 소년이 큰 소리로 외쳤다. 그는 울고 있는 자신을 그들이 보는 것을 개의치 않았다. "아무도 깨우지 마세요."

"코에서 꼬리까지 18피트야." 그것을 자로 쟀던 어부가 소리쳤다.

"그쯤 되겠죠." 소년이 말했다.

그는 테라스로 들어갔고 커피 한 깡통을 부탁했다.

"뜨겁게요, 우유를 충분히 넣고 설탕을 넣어 주세요."

"더 필요한 건?"

"아니에요. 그분이 드시는 걸 본 이후에요."

"정말 대단한 물고기였더구나." 주인이 말했다. "저런 물고기는 결코 없었지. 네가 어제 잡은 고기 두 마리도 훌륭했지만 말이다."

"내 고기는 댈 것도 아니죠." 소년이 말하곤 다시 울기 시작했다.

"뭐라도 한잔 하겠니?" 주인이 물었다.

"아니에요." 소년이 말했다. "저분들께 산티아고 할아버지를 성가시게 하지 말라고만 말해 주세요. 돌아올게요."

"내가 얼마나 슬퍼하는지도 전해 다오."

"고맙습니다." 소년이 말했다.

소년은 노인의 오두막으로 깡통 커피를 가져갔고 그가 깨어나기 전까지 옆에 앉아 있었다. 한때 그는 깨어난 것처럼 보이기도 했었다. 그러나 그는 무거운 잠 속으로 다시 돌아갔고 소년은 커피를 데울 나무를 빌리기 위해 길을 내려갔었다.

마침내 노인이 깨어났다.

"일어나지 마세요." 소년이 말했다. "이거 드세요."

그는 유리컵에다 얼마간의 커피를 따랐다.

노인은 그것을 받아서는 마셨다.

"그들이 나를 이겼다, 마놀린." 그가 말했다. "그들이 엄밀하게 나를 이긴 거야."

"그게 할아버지를 이긴 게 아니에요. 물고기가 아니었어요."

"그래, 아니지. 엄밀하게는. 그건 이후였지."

"페드리코 아저씨가 배와 도구를 살피고 있어요. 그 머리는 어떻게 하실 생각이세요?"

"페드리코에게 쪼개서 물고기 덫에나 쓰라고 하자."

"그럼 창은요?"

"만약 원한다면 네가 가지렴."

"제가 갖고 싶어요." 소년이 말했다. "이제 우리는 다른 것들에 대한 계획을 세워야만 해요."

"사람들이 나를 찾았니?"

"물론이에요. 해안 경비대와 비행기도 함께요."

"대양은 너무 넓고 돛단배는 작으니 찾기 곤란했겠지." 노인이 말했다. 그는 오직 자신과 바다를 상대로만 말하는 대신, 누군가와 대화한다는 것이 얼마나 즐거운 일인지 인식했다.

"네가 그리웠다." 그는 말했다. "너는 잡는 게 어땠었니?"

"첫날 한 마리, 이틀째 한 마리 셋째 날 두 마리요."

"아주 좋구나."

"우리 이제 다시 함께 고기를 잡아요."

"안 된다. 나는 운이 없다. 나는 더 이상 운이 없어."

"운 따윈 상관없어요." 소년이 말했다. "운이라면 제가 가져올게요."

"너희 가족들이 뭐라 하겠니?"

"신경 쓰지 않아요. 저는 어제 두 마리나 잡았어요. 어쨌든 우리는 이제 함께 고기를 잡아야만 해요. 난 여전히 배울 게 많으니까요."

"우리 좋은 사냥 창 하나를 구해서 항상 배에 가지고 다니도록 하자. 낡은 포드 자동차의 용수철로 날을 만들 수 있을 테지. 과나바코아에서 그것을 갈 수 있을 게다. 그것은 날카로워야 하고 부러지지 않게 제련되지 않으면 안 되겠더구나. 내 칼은 부러졌단다."

"제가 다른 칼을 구해 올게요, 용수철도 갈아 오고요. 거친 브리사를 얼마나 더 봐야 할까요?"

"아마 삼 일쯤. 어쩌면 더 갈 수도 있겠지."

"제가 차례차례 전부 준비해 둘게요." 소년이 말했다. "손이나 잘 챙겨 두세요, 할아버진."

"그거야 어떻게 돌봐야 하는지 알고 있지. 그보다 밤에 내가 뭔가 이상한 걸 뱉어 냈는데 가슴속 무언가 망가진 느낌이었다."

"그것도 잘 치료하시구요." 소년이 말했다. "누우세요, 할아버지, 제가 깨끗한 셔츠를 가져다 드릴게요. 먹을 것들하고요."

"내가 나가 있던 동안의 아무 신문이나 좀 가져다주련." 노인이 말했다.

"할아버진 빨리 나으셔야만 해요, 제가 배워야 할 게 많이 있고 모든 걸 가르쳐 주셔야 해요. 도대체 얼마나 고생하신 거예요?"

"많이." 노인이 말했다.

"음식이랑 신문을 가져올게요." 소년이 말했다. "푹 쉬세요, 할아버지. 약국에서 할아버지 손에 필요한 것도 가져올게요."

"페드리코에게 머리가 그의 거라고 말하는 걸 잊지 말고."

"예, 기억할게요."

소년은 문밖으로 나와 닳은 산호 암반 길을 걸어 내려갈 때 다시 울기 시작했다.

그날 오후 테라스에 관광객 한 무리가 있었고 빈 맥주 캔과 꼬치고기 사이로 물속을 내려다보던 한 여인이 항구 입구 바깥의 거칠고 한결같은 바다로 동풍이 불어 대는 동안, 조류로 인해 끝이 들어 올려져서 흔들거리고 있는 커다란 꼬리가 달린 크고 긴 하얀 등뼈를 보았다.

"저게 뭐죠?" 그녀는 웨이터에게 물었고 이제 막 밀물에 쓸려 쓰레기로 떠내려가길 기다리고 있는 거대한 물고기의 긴 등뼈를 가리켰다.

"티뷰론이요." 웨이터가 말했다. "상어죠." 그는 무슨 일이 있었는지를 나름 성의를 다해 설명하고 있었다.

"나는 상어가 저렇게 멋지고 아름다운 꼬리를 가졌단 걸 몰랐는데."

"나도 몰랐어." 그녀의 남자친구가 말했다.

길 위쪽, 오두막 안에서, 노인은 다시 자고 있었다. 그는 여전히 얼굴을 바닥에 대고 자고 있었고 소년이 옆에 앉아 그를 지켜보고 있었다. 노인은 사자 꿈을 꾸는 중이었다.

Ü

역자 해설

『노인과 바다』에 관한 깊은 오해

1. 작품 속 'boy'의 나이에 대해

『노인과 바다』는 헤밍웨이 최고의 작품으로 손꼽힌다. 그에 반해 이야기 구조는 단순하다. 한 늙은 어부가 쿠바해협에서 거대한 물고기를 잡지만, 그것을 상어에게 다 빼앗기고, 거의 빈손으로 집으로 돌아온다는 이야기다. 물론 그 사이 노인은 회복할 수 없는 중상을 입은 것으로 암시된다.

그런데 이 단순한 이야기를 훨씬 작품답게 만드는 요소가 있으니, 그것이 바로 '소년'의 존재다. 작품 속 이름은 마놀린.

작가는 '소년'이라는 존재를 통해, 주인공 노인의 캐릭터를 드러내고, 각박한 세상사 속에서도 살아 있는 따뜻한 '인정'을 보여 준다.

그런데 작가가 'boy'라 명명한 이 '소년'의 나이는 얼마쯤 될까?

우리는 아마 이 '소년'의 나이를 열두어 살쯤의 진짜 '소년'으로 인식할 테다. 그도 그럴 것이 지난 수십 년 읽혀 온 번역서 속 소년의 나이는 실상 그렇게 설정되어 있었기 때문이다. 그렇다는 것은 번역된 소년의 '말투'에서 잘 드러나는데, 그런 점에서 기실 보통 원서를 읽는 일반 독자들뿐만 아니라 전문 번역자들 역시 오해했던 것으로 보인다.

그렇다면 왜 이런 오해가 생긴 것일까? 그것은 아마, 그간 만들어진 영화며, 세계적인 애니메이션이 그 인물을 '어린 소년'으로 만들어 버린 때문도 있을 테다. 그건 '영상'을 위한 작품의 재해석에 불과했던 것인데도 말이다.

그런데 그게 어떻게 가능할까?

사실은 작품 속 소년은 실제 바다에 나가 주체적으로 고기를 잡을 수 있는 성숙한 나이였지만, 영화나 애니메이션은 굳이 '소년'이 고기를 잡는 장면을 보여 줄 필요가 없었기에 재해석이 가능했던 것이다. 실상 이 작품에서 소년의 역할은 고기를 잡는 행위라기보다는 '인정'이었기 때문이다.

그렇다면 정작 작품 속 이 '소년'의 나이는 몇 살일까? 우리는 이것을 다만 추측해야만 하는 걸까? 그게 아니다. 사실은 이 소년의 나이는 작품 속에 거의 정확히 언급되고 있었던 것이다. 실상 오해의 여지도 없이.

우선 'boy'의 나이에 대해 언급하는 대목의 원문은 이렇다.

"That means nothing. The great DiMaggio is himself again."

"They have other men on the team."

"Naturally. But he makes the difference. In the other league, between Brooklyn and Philadelphia I must take Brooklyn. But then I think of Dick Sisler and those great drives In the old park."

"There was nothing ever like them. He hits the longest ball I have ever seen."

"Do you remember when he used to come to the Terrace? I wanted to take him fishing but I was too timid to ask him. Then I asked you to ask him and you were too timid."

"I know. It was a great mistake. He might have gone with us. Then we would have that for all of our lives."

"I would like to take the great DiMaggio fishing," the old man said. "They say his father was a fisherman. Maybe he was as poor as we are and would understand." "The great Sisler's father was never poor and he,

"그건 아무 의미가 없다. 위대한 디마지오가 다시 회복했어."

"팀에는 다른 선수들도 있어요."

"당연하지. 하지만 그는 다르다. 다른 리그에서는, 브루클린과 필라델피아 둘 가운데에서라면 나는 브루클린을 꼽을 거다. 하긴 딕 시슬러와 옛 구장에서 날리던 그 대단한 타구들이 생각나긴 하는구나."

"그런 게 지금까지 없었어요. 그는 이전엔 결코 본 적 없는 장타를 쳐 댔었는데."

"너 기억하니? 그가 테라스에 오곤 하던 때 말이다. 난 그와 고기를 잡으러 가고 싶었었는데 물어보기엔 내가 너무 소심했고, 그래서 네게 물어보라고 했는데 너 역시 용기를 내지 못했지."

"알아요. 큰 실수였어요. 그는 우리와 함께 갔었을 텐데. 그러면 우리는 그걸 평생 추억하게 되었을 테구요."

"위대한 디마지오와 함께 고기를 잡으러 가고 싶구나." 노인이 말했다. "그의 아버지도 어부였다더구나. 아마 그도 우리처럼 가난했었으니 이해했을 게다."

"위대한 시슬러의 아버지는 결코 가난하지 않았어요. 그리고 그 사람은… "

(이정서 역, 본문 p. 24)

작가인 헤밍웨이는 작품 속에서 야구선수였던 시슬러 부자 이야기를 하면서 자연스럽게 'boy'의 나이를 언급하고 있는 것이다. 그런데 디마지오와 딕 시슬러 이야기를 하다가 갑자기 '그의 아버지' 이야기를 하니 번역자나 일반 독자는 그냥 무심코 넘어갔던 것으로 여겨진다. 그도 그럴 것이 작가는 소년의 나이를 알려 주기 위한 정보로서 딕 시슬러의 아버지를 등장시키고 있지만, 실상 그의 이름조차 언급하지 않을 만큼 교묘히 작품 속에 끌어들였던 것이다. 바로 소년의 나이를 밝히기 위해 쓰여진 소설적 기교였던 셈이다. 이것이 원어민에게는 어떻게 다가갔는지는 비원어민의 입장에서는 정확히 알 수 없다. 생래적으로 느끼는 것인지, 아니면 이와 같은 사실을 토대로 우리처럼 유추하는 것인지.

그렇다면 '딕 시슬러'의 아버지, 즉 '조지 시슬러'의 저때 나이는 몇 살일까?

우선 '조지 시슬러'라는 인물에 대한 이해가 따라야 한다. 그는 1920년 한 시즌에 257안타를 몰아치며 메이저리그 대기록을 세운 전설적인 인물이다. 그는 1973년 사망했는데 그가 죽고 31년이 지나서야 그 대기록이 깨졌을 정도다(그 기록을 깬 이는 우리도 잘 아는, 메이저리그에서 활약한 일본의 야구선수 '스즈키 이치로'다. 그는 박찬호 선수와 같은 시기에 선수 생활을 했다).

그런 조지 시슬러는 미국인들에게는 야구 천재로 인식되어 있다. 그가 메이저리그에서 뛰기 시작한 나이는 22세이다. 그렇다면 '마놀린(boy)'의 나이가 22세라는 것일까?

그렇지는 않다. 우선 이것은 소설이기 때문이다. 비록 실존 인물의 나이를 끌어들이고 있긴 하지만 정확히 같다고 특정하기에도 무리가 있다. 무엇보다 다음 정보까지를 원어민처럼 알고, 또 문장의 의미를 인식해야 정확한 소년의 나이를 짐작할 수 있게 되는 것이다.

실상 야구 천재 조지 시슬러는 1911년, 그의 나이 17세 때 센트럴리그 소속 구단 애크론과 계약한다. 그야말로 파격적인 계약으로 미성년부터 선수 생활을 시작했던 것이다. 이후 그 계약은 조지 시슬러가 팀을 옮기기 위해 법정 소송을 벌이면서 유명해지기도 하는데, 결국 미국의 법원은 그것은 '미성년'에 맺어진 계약이므로 법적 효력이 없다는 판결을 내렸고 조지 시슬러는 자유계약 선수가 되어 '세인트루이스 브라운스'로 옮겨 가게 된다.

따라서 미국인들의 인식에는 조지 시슬러가 미성년인 17, 18세쯤에 이미 '빅리그'에서 뛴 선수였다고 해도 전혀 무리가 없게 되는 것이다. 마놀린의 입에서 나온 'when he was my age'는 따라서 현실과 문학적 표현이라는 모든 조건을 충족시키고 있는 것이다.

이런 점에서 사실 우리는 『노인과 바다』에 등장하는 'boy'의 나이를 아무리 낮추어 잡아도 17세 밑으로는 잡을 수 없게 된다.

실상 작품 전체를 두고 보았을 때도 그는 11, 12세쯤의 어린 소년이 될 수는 없다. 작품 속의 그는 이미 혼자서 맥주를 사 마시고 큰 고기를 낚아 오는 어부이기도 했으니 말이다.

작품 속에는 나이와 관련해 이런 대목도 나온다.

"저는 모르죠." 소년이 말했다. "제가 아는 건 young boys는 늦게까지 열심히 잔다는 거죠."

"I don't know," the boy said. "All I know is that young boys sleep late and hard."

여기서도 작가는 child도 아니고 boy도 아닌 young boy라고 쓰고 있는 것을 볼 수 있다.

그렇다면 헤밍웨이가 쓰는 'boy'라는 단어 속의 나이 개념은 대체로 어찌 될까?

그의 데뷔작 「미시간 북부에서」 원문에서는 여주인공 리즈와 관계(섹스)하는 '짐 길모어'라는 사내가 등장한다.

작가는 그를 설명하면서 처음에는 이렇게 표현한다.

Jim was short and dark with big mustaches and big hands.

짐은 키가 작고 덥수룩한 콧수염과 큰 손에 거무스름했다.

(이정서 역)

이것만 보면 독자들은 자칫 이 사내(짐)를 나이 많은 '아저씨' 정도로 오해할 수도 있을 것 같다. 그리고 이이가 마치 이 작품의 주인공인 '어린 소녀'를 강간하는 어른처럼 오해하게 읽힌다(실제 내가 살핀 '유명한' 우리 번역서들이 전부 그렇게 되어 있다).

그런데 이 짐이 어떤 나이대인지에 대한 직접적 정보는 작품 뒤에 언급된다.

사냥을 함께 다녀온, 리즈의 아버지뻘 되는 스미스가 짐과 그의 친구에게 술을 권하면서 이렇게 말하는 것이다.

"How about another, boys?"

과연 여기서 저 'boys'를 '소년들'이라고 번역할 수 있을까?

그럴 수는 없는 것이다. 실제 헤밍웨이 번역으로 가장 유명한 김욱동 교수는 저것을 "한 잔씩 더 하는 게 어때, 여보게들?"이라고 번역했다. 앞에서 그는 짐을 가리키는 그를 직접적으로 '아저씨'라고 번역해 온 바이기에 더군다나 여기서는 boys를 소년으로 해석할 수 없었을 테다(한편 그분의 『노인과 바다』 번역서에서 마놀린이라는 boy는 열두어 살 어린 소년의 뉘앙스로 번역되어 있다).

아마 직역하면 이와 비슷한 뉘앙스일 테다.

"한잔 더 하겠나, 사내들?" (이정서 역)

헤밍웨이의 대표작 「킬리만자로의 눈」에도 어김없이 'boy'들이 등장한다.

우선 주인공 해리와 헬렌의 사파리(아프리카 사냥 여행)를 위해 고용된 'boy'들. 작가는 그들의 나이에 대해서는 언급하지 않고 이런 서술을 한다.

The two boys had a Tommie slung and they were coming along behind her.

여기서의 boys는 앞서 말한 대로 사냥터를 쫓아다니며 그들을 보좌하는 '사내애'들이다. 이들의 나이 역시 우리로서는 정확히 알 수 없다. 다만 열두어 살의 어린 소년일 수는 결코 없을 거라는 이야기다. 직역하면 이런 뉘앙스일 테다.

두 명의 사내애들이 톰슨가젤 한 마리를 메고 그녀의 뒤를 따르고 있었다. (이정서 역)

한편 김욱동 교수는 이렇게 번역했다.

소년 둘이 숫양 한 마리를 어깨에 걸메고 여자 뒤를 따라 왔다. (김욱동 역)

같은 작품 속에는 또 다른 'boy'가 등장한다.

About the half-wit chore boy who was left at the ranch that time and told not to let any one get any hay, and that old bastard from the Forks who had beaten the boy when he had worked for him stopping to get some feed. The boy refusing and the old man saying he would beat him again. The boy got the rifle from the kitchen and shot him when he tried to come into the barn and when they came back to the ranch he'd been dead a week, frozen in the corral, and the dogs had eaten part of him.

이를 직역하면 이런 뉘앙스일 테다.

그때 농장에 남겨 두면서 아무도 건초를 가져가지 못하게 하라고 일러두었던, 반쯤 모자라는 boy와, 자기를 위해 일할 때 boy를 때렸던 그 포크스 출신 늙은 놈이 얼마간 먹을 걸 얻기 위해 머물렀던 일에 관해서는 어떨까. 그 boy는 거절했고 늙은이는, 그를 다시 때리겠다고 말했다. boy는 부엌에서 총을 가져 나왔고 그가 헛간으로 들어가려고 할 때 그를 쏘았다. 그리고 그들이 농장으로 돌아왔을 때 가축우리에서 얼어 죽은 채로 일주일이 지나 있었고, 개들이 그의 일부분을 먹어 치운 뒤였다. (이정서 역)

여기서의 boy는, 거침없이 사람까지 죽이는, 적어도 우리가 기존 『노인과 바다』에서 떠올리는 '소년'의 나이대와는 조금도 겹쳐지지 않는다는 것을 알 수 있다.

이렇듯 모든 것을 종합해 볼 때, 헤밍웨이가 작품 속에 쓰는 boy는 결코 우리 인식대의 '소년'이 아닌 것은 분명하다. 오히려 '청년'에 가까운 것이다. 따라서 『노인과 바다』 속 'boy' 마놀린의 나이는 적어도 17세 이상이라는 것은 의심의 여지가 없는 것이다.

참고로 김욱동 교수는 이렇게 번역했다.

그 무렵 아무도 건초를 가져가지 못하게 목장에 남아서 지키고 있던 얼뜨기 일꾼 소년, 그리고 사료를 조금 얻어 가려고 들른 포크 집안의 심술궂은 늙은이도 말이다. 예전에 소년을 부릴 때 곧잘 두들겨 패던 늙은이였다. 소년이 안

된다고 거절하자 늙은이는 또 때리겠다고 위협했다. 소년은 부엌에서 엽총을 들고 나와 늙은이가 헛간에 들어가려고 할 때 쏘았다. 사람들이 목장으로 돌아왔을 때 늙은이는 이미 죽은 지 일주일이나 지난 뒤였고, 시체는 가축우리 속에서 꽁꽁 얼어붙어 있었는데, 일부는 개들한테 뜯어 먹힌 상태였다. (김욱동 역)

2.

두 번째는 이 소설에 등장하는 '물고기'의 정체에 대해서이다. 노인이 이틀 동안 사투를 벌여 잡은 저 큰 고기의 정체는 뭘까?

정작 『노인과 바다』를 읽지 않은 독자들은 저것이 청새치라는 것에 대해 크게 의심을 품지 않는다. 아니 그냥 그러려니 하는 것이다. 그런데 오히려 책을 읽은 독자라면 '혹시 상어가 아닐까?' 하는 의구심이 자연스럽게 들게 되어 있다.

왜 이런 현상이 벌어지는 것일까?

실제 본문 중에 저 '물고기'가 무엇이다라는 말은 나오지 않는다. 그 물고기가 '청새치'라는 말은 직접적으로 언급되지 않는다는 뜻이다. 그보다는 앞서 말했듯, 미국의 평론가들이 이 소설 『노인과 바다』는 헤밍웨이가 젊은 날 '청새치'를 잡은 경험을 가지고 쓴 에세이에서 발전된 소설이라고 밝히고 있기에 그냥

'청새치'로 받아들이고 있는 것이다.

아무튼 이 오해는 이 작품 말미에 식당 '테라스'에서 외지에서 온 손님 한 명이 뼈만 남아 배에 묶여 있는 물고기 잔해를 가리키며 저게 뭐냐고 묻자, 웨이터가 '상어'라고 답하면서 발생한 혼선이다.

이 대목이다.

That afternoon there was a party of tourists at the Terrace and looking down in the water among the empty beer cans and dead barracudas a woman saw a great long white spine with a huge tail at the end that lifted and swung with the tide while the east wind blew a heavy steady sea outside the entrance to the harbour.

"What's that?" she asked a waiter and pointed to the long backbone of the great fish that was now just garbage waiting to go out with the tide.

"Tiburon," the waiter said. "Shark." He was meaning to explain what had happened.

"I didn't know sharks had such handsome, beautifully formed tails."

"I didn't either," her male companion said.

Up the road, in his shack, the old man was sleeping again. He was still sleeping on his face and the boy was sitting by him watching him. The old man was dreaming about the lions.

그날 오후 테라스에 관광객 한 무리가 있었고 빈 맥주 캔과 꼬치고기 사이로 물속을 내려다보던 한 여인이 항구 입구 바깥의 거칠고 한결같은 바다로 동풍이 불어 대는 동안, 조류로 인해 끝이 들어 올려져서 흔들거리고 있는 커다란 꼬리가 달린 크고 긴 하얀 등뼈를 보았다.

"저게 뭐죠?" 그녀는 웨이터에게 물었고 이제 막 밀물에 쓸려 쓰레기로 떠내려가길 기다리고 있는 거대한 물고기의 긴 등뼈를 가리켰다.

"티뷰론이요," 웨이터가 말했다. "상어죠." 그는 무슨 일이 있었는지를 나름 성의를 다해 설명하고 있었다.

"나는 상어가 저렇게 멋지고 아름다운 꼬리를 가졌단 걸 몰랐는데."

"나도 몰랐어." 그녀의 남자친구가 말했다.

길 위쪽, 오두막 안에서, 노인은 다시 자고 있었다. 그는 여전히 얼굴을 바닥에 대고 자고 있었고 소년이 옆에 앉아 그를 지켜보고 있었다. 노인은 사자 꿈을 꾸는 중이었다.

(이정서 역, 본문 p.133)

이 대목만 읽으면 저 물고기는 영락없이 '상어(티뷰론)'인 것이다. 그렇기에 구글 검색을 해보면, 실제로 생각보다 많은 사람들이 이 고기가 무엇이냐는 질문을 하고 있는 것을 볼 수 있다. 더불어 노인이 잡은 물고기가 상어가 아니냐고 직접적으로 되묻는 이들도 적지 않다. 그런데 그것에 대해 누구도 명료하게 답을 주고 있지 못하고 있는 것이 현실이다.

보다시피 저것만 봐서는 지금 웨이터가 오해를 하고 있는 것인지, 거짓말을 하고 있는 것인지, 아니면 진짜 '청새치'가 아니라 '티뷰론(상어의 한 종류)'인지 알 수가 없게 되어 있기 때문이다.

그러나 앞서 말한 대로 노인이 잡은 고기는 청새치가 확실하다. 그 증거는, 우선 노인이 바다에서 '물고기'를 두고 사투를 벌인 상어가 바로 저 '티뷰론'이었기 때문이다. 저 상어는 통상 우리가 알고 있는 (조스 같은) 상어가 아니다. 헤밍웨이는 저 상어의 이미지를 앞서 상세히 묘사하고 있다. 물고기를 두고 노인과 벌이는 사투 속에서.

또한 지금 상어들에게 뜯겨 먹히고 앙상한 뼈만 남은 저 '물고기'가 무엇보다 청새치라는 증거는 '창' 같은 코에서 확인되기도 한다. 그 창은 바로 대서양에서 서식하는 청새치에게만 있기 때문이다.

헤밍웨이는 혹시라도 있을지 모를 오해를 위해, 혹은 저 둘의 확실한 구분을 위해 앞서 여러 번 '물고기의 창'에 대해 언급하고 있기도 하지만 결정적으로 말미에는 사내아이의 입을 통해 창의 존재를 확인시켜 주는 것이다. 사내아이는 노인에게 '그 창'은 어떻게 할 거냐고 묻고, 노인은 네가 원한다면 가지라고 답한다. 이 장면이다.

"And the spear?"

"You keep it if you want it."

"I want it," the boy said.

"그럼 창은요?"

"만약 원한다면 네가 가지렴."

"제가 갖고 싶어요." 소년이 말했다. (이정서 역, 본문 p.130)

3.

마지막은 헤밍웨이의 문체에 대한 오해다.

우리는 헤밍웨이 하면 누구나 '하드보일드'한 문체 운운한다. 그의 문장이 하드보일드한 것은 사실이다. 실제로 그는 문장 중에 거의 형용사를 사용하지 않는다. 불필요한 수식은 전혀 하지 않는 것이다. 있는 그대로의 직설적 묘사. 그런 점에서 '하드보일드'하다는 말은 맞는 것이다. 그런데 정작 우리 번역들을 보고

'하드보일드' 운운할 수 있을까? 앞서도 살펴 왔지만, 대부분의 문장을 역자 임의로 쪼개고 더하고, 쉼표를 무시하고 마침표를 무시했으며, 대명사를 자기 임의로 해석해 온 게 대부분이다.

하나 덧붙이자면, 헤밍웨이 문체의 특징은 단문이라기보다는 접속사 and와 but 등을 사용한 중문, 복문이 대부분이다. 따라서 '헤밍웨이 문체는 짧은 단문으로 하드보일드하다'라는 지금의 정의는 아주 잘못된 것이다.

이런 식이다.

『노인과 바다』 첫 문맥이다.

He was an old man who fished alone in a skiff in the Gulf Stream and he had gone eighty-four days now without taking a fish. In the first forty days a boy had been with him. But after forty days without a fish the boy's parents had told him that the old man was now definitely and finally salao, which is the worst form of unlucky, and the boy had gone at their orders in another boat which caught three good fish the first week.

이것을 우리의 번역은 이렇게 옮긴다.

그는 멕시코 만류에서 조각배를 타고 홀로 고기잡이하는 노인이었다. 여든 날하고도 나흘이 지나도록 고기 한 마리 낚지 못했다. 처음 사십 일 동안은 소년이 함께 있었다. 그러나 사십 일이 지나도록 고기 한 마리 잡지 못하자 소년의 부모는 그에게 이제 노인이 누가 뭐래도 '살라오'가 되었다고 말했다. 살라오란 스페인 말로 '가장 운이없는 사람'이라는 뜻이다. 소년은 부모가 시키는 대로 다른 배로 옮겨 타게 되었는데, 그 배는 첫 주에 큼직한 고기를 세 마리나 잡았다. (민음사, 『노인과 바다』, 김욱동 역)

첫 문장부터 작가는 and를 이용해 한 문장으로 쓰고 있지만 우리 역자는 두 개의 단문으로 끊어서 번역하고 있다.

작가가 쓴 서술 구조 그대로 번역하면 이렇게 될 테다.

그는 멕시코 만류에서 돛단배를 타고 혼자 고기를 잡던 노인으로 이제까지 한 마리의 고기도 낚지 못한 채 84일을 흘려보내고 있었다. 앞서 40일간은 한 소년이 그와 함께 있었다. 그렇지만 한 마리의 고기도 잡지 못한 채 40일이 지나자 소년의 부모는 그에게, 노인은 이제 확실히 '살라오 salao'가 되었다고 말했고, 그것은 운이 따르지 않는 가장 안 좋은 상태라는 의미였기에, 소년은 그들의 지시로 그

첫 주에 세 마리의 큰 고기를 잡은 다른 배로 옮겨 갔다.

(이정서 역, 본문 p.11)

과연 같은 것일까?

원래의 중문, 복문을 번역하면서 단문으로 줄이면 같은 것 같아도 사실은 많이 다른 것이다. 뉘앙스가 달라지기 때문이다.

작가 소개

어니스트 헤밍웨이

Ernest Hemingway, 1899. 7. 21. ~ 1961. 7. 2.

헤밍웨이의 많은 초기 작품들은 미시간 북부northern Michigan를 배경으로 하고 있다. 그곳에서 그는 소년과 청년기의 여름을 보냈다. 그의 첫 작품이 「미시간 북부에서Up in Michigan」인 것은 그래서일 테다.

헤밍웨이는 문학 역사상 가장 지각 있는perceptive 여행자 가운데 하나였음에 틀림없었으며, 그의 작품들은 전체적으로 경험의 세계를 보여 준다. 1918년 그는 이탈리아에서 미국 야전 서비스 부대의 일원으로 구급차 근무를 자원했다. 그것은 그의 첫 대서양 횡단 여행이었고 당시 18세였다. 그가 밀라노에 도착한 날, 군수 공장이 폭파되었고, 헤밍웨이는 그곳에서 죽은 이들의 유해를 수습하는 임무를 맡았다. 3개월 후 그는 두 다리에 심한 부상을 입고 밀라노에 있는 적십자 병원에 입원했다. 이러한 전시 경험들이 제1차 세계대전을 배경으로 한 그의 소설『무기여 잘 있거라A Farewell to Arms』에 많은 세부사항을 제공했다. 그것들은 또한 5편의 걸작 단편에 영감을 주었다.

헤밍웨이는 1923년 처음으로 투우bullfight를 참관했다. 미국의 친구들과 함께 당시 그가 살고 있던 파리에서 마드리드로 여행을 가서였다. 그는 그 경험에 압도 되어 그 장면을 평생 간직했다. 그에게 그 광경은 스포츠라기보다는 비극tragedy이었다. 그는 곧 투우에 관한 전문가가 되었고『오후의 죽음Death in the Afternoon』은 그렇게 쓰여졌다.

헤밍웨이는 그렇게 스페인의 모든 걸 사랑하게 되었다. 1936년 7월 스페인 내전

이 발발했을 때, 그는 현 체제Loyalists의 확고한 지지자였다. 그는 그들을 지지하며 미국 특파원에게 전쟁을 취재하는 데 도움을 주었다. 전쟁 중 스페인에서의 경험들이 여러 단편과 희곡에 녹아들어 있다. 그때가 그의 글쓰기 경력에서 가장 번성했던 시기 중 하나이다. 『누구를 위하여 종은 울리나For Whom the Bell Tolls』가 이때의 경험으로 쓰여진다.

1933년 그의 아내 폴린Pauline의 부유한 삼촌 거스 파이퍼Gus Pfeiffer가 헤밍웨이에게 아프리카 사파리African safari를 제안했을 때, 헤밍웨이는 그 전망에 완전히 사로잡혀, 많은 준비를 했다. 사파리 자체는 10주 정도 지속되었지만, 그가 본 모든 것이 그의 마음에 지울 수 없는 인상을 남겼다. 그 경험이 「킬리만자로의 눈The Snows of Kilimanjaro」과 『아프리카의 푸른 언덕들Green Hills of Africa』을 만들어 냈다.

헤밍웨이에게는 파리 시절이 작가로서의 진척에 부정할 수 없는 중요성에도 불구하고 그는 작품 속에서 프랑스를 거의 다루지 않았다. 그 자신도 그걸 알고 있었고, 그런 사정이 「킬리만자로의 눈」에 언급되기도 한다.

제2차 세계대전 동안 헤밍웨이는 노르망디 상륙과 파리 해방을 취재하는 전쟁 특파원으로 활동했다. 헤밍웨이는 생을 마감하기 직전 친구의 아이를 위해 「좋은 사자The Good Lion」와 「믿음 있는 황소The Faithful Bull」라는 두 편의 우화를 쓰기도 하였다.

그의 사후 생전에 그가 썼던 단편 대부분을 모은 컬렉션이 핑카 비히아판Finca Vigia Edition으로 출간되었다.

핑카 비히아는 쿠바에 있는 헤밍웨이가 살던 집의 이름이다. 쿠바 아바나 시내 남동쪽 산 프란시스코 드 폴라San Francisco de Paula에 있는 그곳에서 그는 20년을 살았다. 아마 쿠바 혁명 이후 추방되지 않았다면 여생을 거기서 마쳤을지도 모른다.

지금 그곳에는 그의 박물관이 지어져 많은 사람들이 방문하고 있다.

그는 1961년 7월 2일 아침 자신의 엽총으로 자살했다.